お嫁さんになりたい

黒崎あつし

幻冬舎ルチル文庫

CONTENTS ✦目次✦

✦カバーデザイン＝清水香苗（CoCo.Design）
✦ブックデザイン＝まるか工房

イラスト・高星麻子✦

お嫁さんになりたい

1

――明日はこれを着て行きなさい。

蔑《さげす》むような目つきで自分を見る怖い人に手渡されたのは、ふわっとしたラインの綺麗《きれい》な白いワンピース。

それをひとめ見た沢田未希《さわだみき》は、まるでお嫁さんのドレスみたいだと思った。

『お嫁さんのドレス、綺麗ね。……一度でいいからママも着てみたいな』

母親とふたり暮らしをしていた頃、テレビの画面を見ながら彼女がそう呟《つぶや》いたのを覚えている。

未希の目から見てもとても綺麗だった母親に、『いつか、きっと着れる日が来るよ』と言って慰めると、『そうね。怖い人達が私達を追いかけるのを諦《あきら》めてくれたら、そういう日も来るかもね』と、少し悲しそうな顔で微笑《ほほえ》んでいた。

それから半年後、お嫁さんのドレスを着ることなく母親は病を得て亡くなり、ひとりになった未希は怖い人達に捕まった。

それからは悪意のこもった視線と言葉とに頭を押さえつけられ、彼らの気に障らないようにと怯《おび》えながら頭を垂れ、口を閉ざして過ごす日々が続く。

――おまえを生かしてあげているだけでも感謝なさい。とりあえず義務教育だけは受けさせてあげるけど、その後は母親似のその顔で私達の役に立つのよ。

ずっと、そんな風に言われ続けていた。

ここに居るのも辛《つら》かったけど、それ以上にその日が来るのが本当に怖かった。

この春に義務教育が終わり、その日がくるのを待つだけになってからは特に……。

(でも、あの人のところに行ける)

おまえをこの男に売るからと言われ、見せられた写真。

そこに写っている姿に、未希は胸が高鳴るのを感じた。

たった一度だけ会ったことのある人。

ずっと、もう一度会いたいと祈っていた人。

門倉《かどくら》秀治《しゅうじ》という彼の名前を聞かされたときなど、あまりの嬉《うれ》しさに微笑みを浮かべそうになって、慌てて頬《ほお》を引き締めなければならなかった。

うっかり微笑んで、未希の不幸を願っている怖い人に喜んでいることを知られたら、この話が立ち消えになってしまいそうな気がしたから……。

手渡された白いワンピースを手に部屋に戻り、そのまま胸に当てて鏡の前に立ってみる。

「やっぱり、お嫁さんのドレスみたい」

胸元を飾る白のレースにふわっと広がった裾《すそ》、これでベールにブーケがあったら完璧だ。

「……これ、ママに着せてあげたかったな」

　まともに恋をしたこともないまま両親の借金を盾にとられて強引に愛人にされ、男が死の病に倒れた途端、その正妻に危害を加えられそうになって、幼子だった未希を連れて逃げた母親。

　綺麗だったけど、彼女には隠しきれない不幸の陰りがあった。

　いつか自由に恋をした彼女が、純白のドレスを着て陰りのない微笑みを浮かべる姿を見てみたかった。

　未希は、鏡に映った母親の面影を映した顔に、にっこりと微笑みを浮かべてみた。

　薄茶のパッチリとした大きな眼《め》が印象的な、全体的に小作りで、まるで人形のように愛らしい顔。

　きっと自分も母親と同じような人生を生きることになるのだろうとずっと怯えていたけど、でもこれからはもう怯えなくてもいいのだ。

「これからは、ずっとあの人の側《そば》にいられる」

　あの優しい人の側に……。

　たとえどんな立場だろうと、あの人の側にいられるのなら平気。

　顔を思い浮かべただけで、未希の胸はふんわりと温かくなる。

「ママ、私、幸せになれるかもしれない」

未希は、ギュッとお嫁さんのドレスを抱きしめた。

★

空は綺麗に晴れていた。

心地よく吹く風からは微《かす》かに秋の気配を感じる。

「お嬢さん、荷物を中に運ぶのを手伝いましょうか？」

土曜日の午後、大きなスーツケースをトランクから降ろしてくれたタクシーの運転手が、親切心から言ってくれる。

未希は返事をする代わりに首を横に振り、「ありがとうございます」と小さな声で言ってぺこっと頭を下げた。

「そうですか。ではこれで」

走り去ったタクシーを見送った後、くるっと回れ右をする。

目の前には、石塀に囲まれた数奇屋門《すきやもん》。

ひとつ深呼吸すると、インターフォンのボタンを押した。

『はい、どちらさまでしょうか』

女性の声がした。

未希が名乗り、門倉秀治さんにお会いしたいのですがと言うと、少々お待ちくださいねと気さくな対応をしてくれる。

どうやら門前払いはされずに済みそうだ。

ホッとした未希は、とりあえずもう一度身形《みなり》を確認してみる。

自分の身体《からだ》を見下ろし、お嫁さんのドレスのような白いワンピースが汚れていないか確認してから、ウェーブのかかった柔らかな長い栗色の髪が乱れてないか手で触れる。

(大丈夫)

少しでもこの家の人に気に入ってもらえるようにと、緊張して上気した頬に頑張って微笑みを浮かべた。

震える手で小さなバッグの紐《ひも》をぎゅうっとつかみながら、じっと門が開くのを待つ。

やがて、人の気配が近づいてきて、ガラッと門の木戸が開いた。

てっきりインターフォンに出た女性が出てくると思ったのに、なんとそこにいたのは未希がずっと会いたかった人、門倉秀治本人だ。

あまりにびっくりした未希は、言葉もなく秀治の顔を見上げた。

さらりと額に落ちる黒髪に、切れ長の黒い瞳。

顔立ちはすっきり整ってシャープだが、その表情が柔和なせいか、きつい印象はない。

二十代後半と聞かされたが、シンプルなシャツにジーンズ姿のせいかもっと若く見える。

その長身に、なぜだかホッとする雰囲気を纏《まと》った、とても優しそうな人。

「あれ、お客さんって君？」

聞かれて、未希はこくんとうなずいた。

無言でうなずく未希を見た秀治は、「ん？」と屈《かが》み込んで軽く顔を近づけてくる。

「……君とは、前に一度会ったことあったよね？」

(覚えててくれた)

たまらなく嬉しくて、にっこり笑ってまたうなずく。

「もしかして、俺に会いにきてくれたの？」

またうなずくと、「そう」と秀治も目元を和らげた。

(優しい顔)

迷惑だとは思われていない。

この表情はむしろ逆。

会えて嬉しいと思われていると確信して、未希は嬉しさのあまり有頂天になる。

「よくここがわかったね。……えっと、どうしようかな。話の続きは家の中で聞いたほうがいいか……」

前髪をかき上げながら、秀治が軽く家のほうを振り向く。

その視線がもう一度自分に向いたとき、

「お嫁さんにしてくださいっ！」

嬉しさのあまりテンパっていた未希は、思いっきり叫んでいた。

（間違った！）

叫んだと同時に、しまったと目を閉じる。

用意していた言葉は、『愛人にしてください』だった。

しかも、直接お願いするのは、事情が書かれた手紙を秀治に読んでもらった後にするようにと命令されていたのに……。

ここに置いて欲しいと思うあまりのフライング。

それも、間違った方向へと猛ダッシュだ。

（……呆《あき》れてる？）

おそるおそる目を開けて、上目遣いで秀治の顔を見る。

「――え？　どういうこと？」

予想外の出来事だったのだろう。

目が合うと、秀治は啞然《あぜん》とした顔のまま、のんびりと小首を傾《かし》げてみせた。

とりあえず中に入って、と穏やかに秀治に促され、焦っていた未希はコクコクと無言のままでうなずいた。

（このワンピースのせいだ）

ずっとお嫁さんのドレスみたいだと考えていたから、ついつい『お嫁さん』という言葉が口から零《こぼ》れてしまった。

スーツケースを運んでくれる秀治の後をついて歩きながら、変な子だと思われたんじゃないかと気が気でない。

石塀に囲まれている秀治の家は、だだっ広い敷地には不釣り合いなぐらいにこぢんまりとした日本家屋風の建物だった。

凄《すご》いお金持ちなんだと聞かされていたから、こぢんまりとしたその佇《たたず》まいに少々意表をつかれたが、ぱっと見た感じ年季が入っていそうな建物は、近づくにつれてわざとそう見せかけているだけで意外に新しいと気づかされる。

小さいながらも和風の建材や建築法に拘《こだわ》った、かなり贅沢な造りの建物みたいだった。

玄関の引き戸を開けて中に入ると、「いらっしゃいませ」と中年の女性が出迎えてくれた。

（インターフォンの声の人）

秀治の母親というには若すぎるし、恋人というには少々年かさだ。

長い髪をきりりっと後ろでくくり、化粧は控えめ。エプロンをつけているから使用人なのかもしれない。

でも、だとしたら、主《あるじ》である秀治が門まで出迎えてくれたのは少し変な感じがする。

「沢田末希と申します。こんにちは」

秀治との関係性が判断つかなかったものの、末希は興奮気味で上気した頬に微笑みを浮かべ、小さな声で挨拶《あいさつ》してぺこっと頭を下げる。

「あらあら、可愛らしいこと。お人形さんみたいですね」

女性は、そんな末希の仕草に目を細めた。

（……優しそう）

その好意的な視線が嬉しい。

「親戚《しんせき》のお嬢さんですか？」

「いや。それが……その、俺のお嫁さん候補みたいだ」

「あらま。それにしては随分とお若い。秀治さんがそういう趣味だとは存じませんでした」

「光枝《みつえ》さん、それ濡れ衣《ぬれぎぬ》」

とりあえず、お茶淹《い》れてくれる？　と秀治に頼まれた光枝は奥へと消えた。

「どうぞ上がって」

促されるまま、末希は華奢《きゃしゃ》な白のサンダルを脱いで家に上がる。

通された茶の間には、気むずかしそうな白髪交じりの中年の男性が居て新聞を読んでいた。

「おっと、これは失礼。お客様でしたか」

「大丈夫、ここに居て」

慌てて立ち上がろうとする男を秀治が制し、未希を振り向く。

「こちら、島田《しまだ》さん。さっきの女性の旦那さんで、夫婦で俺の身の回りのことを色々やってくれてるんだ。——島田さん、彼女は沢田未希さん」

「こんにちは。未希と申します」

礼儀正しくしなきゃと畳の上に直接膝《ひざ》をつき、ぺこっと頭を下げる。

「こりゃどうもご丁寧に……。島田です」

島田も未希につられたように深々と頭を下げた。

（この人も、大丈夫みたい）

気むずかしそうに見えるけど、自分の子供ぐらいの歳《とし》の未希に気さくに頭を下げてくれるんだから……。

未希は少しホッとする。

「可愛いお嬢さんですな。秀治さんの従姉妹《いとこ》さんですか？」

「いや。親戚じゃない。俺のお嫁さん候補らしいよ」

「おや、紫の上でしたか。そういうご趣味だったとは初耳ですな」

「……だから濡れ衣だって。君達夫婦、思考回路が似てるよね」

秀治が苦笑した。

「あら……。もう、男の人達は気が利かない。お嬢さんに座布団くらい勧めてくださいな」

足が痛いでしょう？　とお茶の用意をして戻ってきた光枝が座布団を勧めてくれた。

「ありがとうございます」

未希は六角形の卓袱台《ちゃぶだい》の一角に置かれた座布団にちょこんと座り直す。

「──さてっと、どういう事情なのかな？」

人数分のお茶が卓袱台に置かれた後、秀治があらためて聞いてくる。

「これを読んでください」

未希は膝の上に置いていた小さなバッグから手紙を取り出し、秀治に手渡した。

「君が書いたの？」

「いえ。書いたのは小野塚多恵子《おのづかたえこ》さまです」

秀治は怪訝《けげん》そうな顔をした。

「ああ、そうか……。君、小野塚の別荘で暮らしてたんだっけ」

「はい」

「多恵子さんと君との関係は？」

「多恵子さまは、私の保護者です」

多恵子は、観光開発や建築業などをメインに展開している大企業、小野塚興産の副社長だ。

十年以上前に死去した前社長の愛人の子として生まれた未希は、母親の死後、正妻である多恵子の家に引き取られて育てられた。

そういう事情をかいつまんで説明すると、秀治は怪訝そうな顔のままで手紙の封を切り読みはじめた。

読んでいるうちに、それまで柔和だった秀治の顔が徐々に険しくなっていくのがわかる。

(……多恵子さま、なにを書かれたのかな)

多恵子からは、事情を説明する手紙だとしか聞かされていない。

普段の穏やかな表情とのギャップもあって、軽く眉《まゆ》をひそめる秀治の厳しい表情には妙に迫力があった。

その表情からただごとじゃない雰囲気を感じ取った未希は、軽く首をすくめた。

「秀治さん、どうなさったんです？」

同じく、ただごとじゃない雰囲気を感じ取ったのだろう。

島田夫妻も不安そうな顔になっていた。

「どうもこうもない。こんな不愉快な手紙をもらったのははじめてだ」

秀治は読み終わった手紙をおもむろに破くと、そのまま丸めてゴミ箱に投げ捨てた。

「このお嬢さんを俺にくれてやるから、嫁にするなり玩具《おもちゃ》にするなり好きにしろ。その代わりに俺が所有している土地を売ってくれって書いてある」

「そりゃまた、でっかい袖《そで》の下ですな」

「人間を賄賂《わいろ》として堂々と贈るなんて神経を疑うよ」

呆れ声で言う島田に、秀治が乱暴に前髪をかき上げながら不愉快そうに答える。

「未希さん、君は家に帰りなさい」

「え？　あの……」

いきなり厳しい口調でそう言われて、未希は戸惑った。

そんな未希の顔を見て、秀治は慌てて表情を和らげる。

「いいかい、君がなんと言われてここに送り出されて来たのかわからないけど、これはまともな話じゃない。俺はこんな馬鹿げた取引に応じるつもりはないし、君にとってもこれはとても不名誉なことなんだ。多恵子さんには、二度とこういうことはしないようにと俺から言っておくから、君は安心して帰りなさい」

（そんな……）

やっとあの怖い人の悪意から逃れられたと思ったのに、またあそこに戻れと言うのか。

戻って、次はどこにやられるのかと、不安に怯える日々を過ごせと言うのか。

「変なことに巻き込んでごめんな」

しょんぼりした未希を見て、なにか誤解したらしく秀治が気の毒そうな顔をした。

「今回のこれは、俺のせいだ。君と会ったときのことを仕事の話の合間に多恵子さんに話したんだが、その言い方がたぶんまずかったんだな」

「まあ……。先様に誤解されるようなことをおっしゃったんですか」

非難の視線を向ける光枝に、「濡れ衣だ」と秀治が苦笑する。

「さっき光枝さんが言ったような感想を言っただけだよ」

「お人形さんみたいに可愛らしいって？」

「ああ。——実際、そうだろう？」

秀治がそう言うと、三人の視線が一斉に未希に注がれた。

「確かに」

「可愛らしいお洋服がよく似合ってますしね」

「最初に会ったときも、やっぱりふわっとしたワンピースを着てたよね？」

「はい」

未希は、こくんとうなずいた。

(ちゃんと覚えててくれた)

凄く嬉しい。

このままこの人の側にいたいのに、それが叶《かな》わないことなのだと思うと、胸の奥がぎゅうっと痛くなる。

「このお嬢さんとどこで知り合ったんです？」

「伊豆高原の別荘に遊びに行ったときだよ」

ね？　とまた聞かれて、はいとうなずく。

☆

出会ったのは初夏。

小野塚家の別荘で暮らしていた未希が、近所の公園の植え込みで見つけた野良猫の親子にエサをあげようとしていたときのことだ。

雨露をしのげるようにと誰かが置いていってくれたのだろう。横向きに置かれた段ボール箱の中には、生まれたばかりの子猫達とその母猫がいて、出産直後の母猫はひどくやせ細り弱っているように見えた。

小野塚家の厄介者《やっかいもの》である未希には、猫を拾ってあげることができない。

せめてもと、キッチンからこっそり猫が食べそうなものをちょろまかしてきて食べさせようと思ったのだが、野良猫は警戒心が強くて、少しでも近寄ろうとすると子猫を庇《かば》うようにしてフーッと毛を逆立てて怒る。

仕方なく、植え込みの外側にしゃがみ込み、手近なところにあった棒っきれでエサが入った器をずっと猫に向けて押しやっていると、

「お嬢さん、綺麗な長い髪が地面についちゃってるよ」と背後から声をかけられた。

慌てて立ち上がり振り向くと、ラフなジーンズ姿の優しそうな長身の青年が立っていた。

それが、秀治との出会いだ。

「なにか捜し物？」

棒っきれを持ったままの未希を見て、秀治が聞く。

未希は、ぷるぷるっと首を横に振った。

「……ここに猫がいて」

「え！　まさか、その棒で猫を追っ払ってたの？」

「そんなひどいことしません」

慌てて、また首を横に振る。

「ご飯をあげようと思っただけです」

「ご飯を？」

秀治はしゃがみ込んで植え込みを覗《のぞ》き込んだ。

「ああ、子猫もいるのか。で、これがご飯ね。段ボール箱の側に置きたいの？」

未希がこくんとうなずくと、秀治はおもむろに植え込みに腕を突っ込んだ。

エサが入った器を、ずいっと段ボール箱の中に押しやる。

「あ――」

危ないと忠告する間もなく、気が立っていた母猫が秀治の手を引っ掻《か》く。

「っと、いてて……」

「ご、ごめんなさい。大丈夫ですか」

慌てて秀治の手を見ると、右手の甲をザックリ引っ掻かれて血が出ている。

「大変。傷を洗わないと」

大丈夫だからと遠慮する秀治の手をつかんで、こっちですと公園の水飲み場に連れて行って手を洗わせた。

傷からは洗ってもすぐに、ジワジワと血が滲《にじ》み出てくる。

「けっこう深い傷。ホントにごめんなさい」

「俺が勝手にやったことなんだから君が謝ることはないよ。舐《な》めときゃなおる」

秀治が本当に舐めようとするのを、未希は慌てて止めた。

まだ使ってなかったまっさらなハンカチで傷を拭《ふ》き、キュッと縛る。

「すぐ近くに、私がお世話になっている屋敷があるんです。そこでちゃんとした傷の手当てをさせてください」

あの屋敷です、と公園の樹木の合間から見える屋根を指差すと、その屋根を見た秀治は軽く眉をひそめた。

「……いや、本当に大丈夫だから。──それより、さっきの猫を見に行こう。俺、猫好きなんだよね」

さっきとは逆で、浮き浮きした様子の秀治に強引に手をつかまれ、引っ張られるまま来た道を戻った。

ふたりして植え込みの前にしゃがみ込んでさっきの場所を覗き込むと、エサを入れていた容器はすでに空になっていた。

「君が用意したご飯、どうやらお母さん猫の口にあったようだ。今は子猫達のご飯タイムだ。――見えてる？」

「はい」

白っぽい毛玉のようにふかふかしている子猫が母猫のお腹に顔を突っ込んで、もぞもぞしている。

たまに聞こえてくるぴゃーぴゃーというか細い鳴き声がやけに可愛かった。

（……触ってみたいな）

思いっきり手を伸ばせば、なんとか届く距離だ。

あのふかふかした子猫の背中に指先だけでもいいから触れてみたい。

エサをあげたことを覚えているのか、母猫の様子はさっきよりは幾分落ち着いている。

でも、その耳はまるでレーダーみたいにピクピク動いていて、まだまだ猛烈警戒中だ。

引っ掻かれるのが怖くて、うかつに手が伸ばせない。

（言葉が通じればいいのに……）

そうしたら、ご飯をあげたんだし危害を加える気だってないから、ほんのちょっとだけ触らせてくれないかと頼めるのに……。

秀治も同じ気持ちらしく、ハンカチを巻いた手をむずむずさせていた。

「ここ数日の間に生まれたばかりか。まだ目も開いてない。柔らかそうだなぁ。触りたいけど、ここは我慢するしかないか……」

「また引っ掻かれたら大変ですもんね」

「うん。でも、それ以前に可哀想《かわいそう》だ」

「可哀想？」

思いもかけなかった言葉に、未希は子猫から秀治の横顔へと視線を移した。

「だってほら、猫からすれば人間なんて巨大な怪物みたいなもんだろう？　そんな怖い怪物にいきなり大切な子猫を触られたりしたら、きっと母猫はパニックになるよ。――だから我慢しないとね」

「……はい」

愛おしそうに子猫を眺める秀治の横顔には、穏やかな微笑みが浮かんでいる。

（この人、凄く優しい）

猫相手に、ご飯をあげたんだから……などと恩着せがましいことを考えた挙げ句、自分が傷つくのが怖くて手を伸ばせずにいた未希は、ちょっと恥ずかしくなった。

（……ご飯も、無理矢理近くに寄せなくてよかったんだ）

見えるところにさえ置いておけば、いずれ人の気配がなくなってから自分で食べに来ていたはずだ。

母猫の立場になって考えれば、そのほうがずっと安心して食べられた。

「君、この猫拾う気ある？」

秀治が未希の顔を見ながら聞いてくる。

その瞬間、高原の涼しい風がふたりの間を駆け抜けていき、秀治の黒髪を揺らした。

秀治は目にかかった長めの前髪をかき上げたが、艶《つや》やかなストレートの髪はすぐに元に戻ってしまう。

（……さらさら……）

綺麗……とつい見とれてしまった未希は、慌てて我に返って、

「無理なんです」と首を横に振った。

自分だって厄介者扱いされているのだ。

猫を飼いたいなどと我《わ》が儘《まま》を言える立場じゃない。

「そう。俺、もらい手に心当たりがあるから、この子達みんな連れ帰ってもいいかな？」

「母猫も一緒に？」

「もちろん。この段ボールの家じゃ雨はしのげないしね」

「ありがとうございます！」

準備があるから連れ帰るのは明日になるけどと言う秀治に、未希は深々と頭を下げた。

嬉しくて、自然に微笑みが顔に浮かぶ。

その頃の未希は、理不尽に罵《ののし》られても反論することを許されず、恩着せがましい言葉に胸を痛めても、ただひたすらに感謝することしかできずにいた。

素直に微笑んで心からのお礼の言葉を言えたのは随分と久しぶりで、ただそれだけのことでなんだか重苦しかった胸がふわっと軽くなる。

（この人のお陰だ）

一緒にいて優しい言葉と表情に触れていると、ここ数年の生活で心の中に溜《た》まった暗い澱《おり》が少しずつ綺麗になるような気がする。

――この優しい人の側にいたい。

この瞬間から、未希は切実にそう願うようになったのだ。

☆

「そうだ。未希さんには、もうひとつ謝らなきゃならないことがあったんだ」

島田夫妻に未希との出会いを話した後で、秀治が言った。

「謝る？」

秀治に謝られるような覚えがなかった未希は、首を傾げる。

「あの猫の親子のことだよ。翌日迎えに行ったけど、みんないなくなってた。誰かに拾われたんならいいが、犬にでも吠《ほ》えられて逃げ出したのかもしれない」

ごめん、と秀治が謝る。

その誠実な態度に、未希はやっぱり胸がふわっと軽くなった。

「あの子達なら大丈夫です」

あの翌日、未希はもう一度秀治に会いたくてあの公園に行くつもりでいたのだが、怖い人達のうちのひとりが訪ねてきていて屋敷から一歩も出られなかった。

やっと公園に行けたのは次の日で、当然猫達の姿はそこにない。

未練がましく周辺をうろうろしていると、犬の散歩をしていた知り合いが、猫達なら近所のペンションのオーナーが連れ帰ったと教えてくれた。

「秀治さんと会った日の夕方のことだったそうです。ペンションのホームページで里親募集をしてみると言ってたみたいだし心配いりません」

「そうか。ちゃんとした人に拾われたんならよかった」

秀治はホッとしたように微笑んだ。

「はい」

（あの子達は運がいい）

ちゃんと引き取ってくれる人が見つかった上に、この人にずっと心配してもらえていたんだから……。

（でも、私はここまで……）

明日からは、また怯えて暮らす日々がはじまる。

小野塚家に引き取られてからは明日が来るのがずっと怖かったけど、秀治の写真を見せられた日から今日までは、むしろ楽しみになっていた。

そんな風に期待に胸を膨らませて過ごせる日々を送れただけでも、自分みたいな者にとってはきっと幸運だったのだ。

無理矢理そう考えて自分を慰めようとしたが、期待が大きかった分だけ、その反動でがっかりする気持ちの揺れ幅が大きくて上手《うま》くいかない。

秀治の顔を見ているのが辛くなり俯《うつむ》いた拍子に、目からぽたぽたっと大粒の雫《しずく》が零れた。

「ちょっ……未希さん？」

「ご、ごめんなさい。気にしないでください」

未希は慌ててバッグからハンカチを出して涙を拭いた。

「私、帰ります。失礼なお願いをしてしまって申し訳ありませんでした。……もう一度お会いできて嬉しかったです」

拭いても拭いても涙が滲んでくる。

顔を上げられないまま立ち上がろうとしたら、歩み寄ってきた光枝にそうっと優しく肩を抱かれて止められた。

「お嬢さん、待ってちょうだい。そんなに泣いてちゃ帰すわけにはいきませんよ。――秀治さん、そうですよね？」

「そうだな。……ねえ、未希さん。帰ったら、多恵子さんに叱《しか》られると思ってる？ 役立たずと罵られるのは確実だから、未希は素直にうなずいた。

「だったら大丈夫だよ。俺のほうから、君にはなんの落ち度もないから叱らないでくれるようにって言っておいてあげるから……。ちゃんと今まで通りの生活に戻れるよ。――君、高校生だよね？」

未希は首を横に振る。

「え、中学生⁉」

「中学は春に卒業しました。高校には行ってません」

「どうして？」

「おまえには、それ以上の学歴は必要ないって言われて……」

頭が空っぽな可愛いだけの人形になれとずっと言われていた。

そのほうが、自分達の役に立つからと……。

それでも、いい成績をとったら違う使い道を見出《みいだ》してくれるんじゃないかと期待して、中学の頃はそれこそ死にものぐるいで勉強した。

最終的には全国模試で常に上位の成績を収めることができるようになったけど、けっきょくすべてが無駄な努力になった。

『おまえは随分と勉強が好きなのねぇ』

未希の成績表を見た多恵子は、その直後に未希の高校への進学を完全に否定した。

おまえに好きなことをさせるつもりはないし、無駄金を使う気もないのだと……。

「あら、じゃあ中学卒業してからはなにをしていたの？」

「なにもしてません。売り込み先が見つかるまでは、なにもせず大人しくしてろと言われてましたから」

春先までは都心にほど近い小野塚家の本宅に住んでいたが、進学もせず家に閉じこもってばかりの未希を心配した中学の友達が何度か遊びに来てくれて、それを知った多恵子にいきなり伊豆高原の別荘に移動するようにと言われた。

心配してくれていた友達とは、それ以来連絡がとれないままだ。

「ちょっと待った。なに、その売り込み先って？」

「小野塚家の利益になるよう、生きた人形として高く売れるところを探してるってずっと言われてました」

「……冗談……だよね？」

秀治がためらいがちに聞いてくる。

未希は首を横に振った。

「本当です。あそこに引き取られてから、ずっとそう言われ続けてて……。だから……今回のお話は凄く嬉しかったんです。あなたみたいに優しい人なら怖くないから……」

でも、それも終わり。

また溢《あふ》れてきた涙を拭いていると、光枝の手がギュッと肩をつかんだ。

「可哀想に……。ずっと不安だったのね」

「秀治さん、このお嬢さん、なんとか助けてやっちゃくれませんかね」

島田夫妻の言葉に、秀治は髪をかき上げながらうなずいた。

「わかってる。……これは、向こうには帰せないな」

「え？」

ここに置いてくれるんだろうか？

ぱっと顔を上げると、難しい顔の秀治と目が合う。

「こういうこと、前にもあった？」

「いえ。今回がはじめてです。切り売りすると価値が下がるからって……」

未希が答えると、周囲の大人三人が一斉に安堵《あんど》のため息を零す。

「そうか。不幸中の幸いだな。――とりあえず、しばらく家に居るといい。その間に、君を多恵子さんから自由にする対策を考えておくから」

「ここに……置いてくださるんですか？」

「もちろん。安心していいよ」

深くうなずかれて、未希は心から安堵した。

（よかった……。もう大丈夫）

この優しい人は自分を見捨てたりしない。

あの怖い場所には帰らなくてもいいんだ。

嬉しくて、また涙が滲んだ。

「だったら、さっそく四人分の夕食の支度をしないとね」

ぽんぽんと慰めるように背中を叩《たた》いてくれた光枝が言う。

「あ、お手伝いします」

「嬉しい。でも、その前に着替えましょうか。その綺麗なお洋服が汚れたらもったいないから。――秀治さん、お嬢さんの部屋はどこにしましょうか？」

「洋室がいいだろう。あそこなら鍵《かぎ》もかかるし」

「あら、嫌だ。自制心に自信がないんですか？」

「光枝さん、それ濡れ衣。単にそのほうが未希さんも安心するだろうと思っただけだよ。

――おいで。部屋に案内するから」

立ち上がった秀治が未希のスーツケースを手に、廊下に出て行く。

未希も止まらない涙を拭きながら慌てて後を追う。

通された部屋は、ベッドにライティングデスクなど、最低限の家具が置かれてある八畳ほどの広さの洋室だった。

家の造りが和風なせいもあるのだろうが、洋室に置かれた家具はアジアンテイストのものばかりでお洒落《しゃれ》な感じがする。

「客室として使ってた部屋なんだ。足りないものがあったら遠慮なく言って」

きょろきょろと部屋を見回す未希に、秀治が言う。

「大丈夫です。ありがとうございます」

母親が死んで以来、いつも身ひとつで移動させられてきた。

必要なものはないかと気遣ってもらえたこともない。

秀治にとってはきっと当たり前の気遣いなんだろうが、未希にとっては気遣ってもらえるってことがなによりも嬉しい。

「お嬢さん、エプロンは持ってる？」

一緒についてきてくれた光枝に聞かれて、未希は首を傾げた。

「わかりません。荷物は全部多恵子さまが用意してくれたものなので……」

「そうなの？　開けてもいい？」

うなずくと、光枝はスーツケースの蓋《ふた》を開いた。

「あらあら、まあ……。可愛いお洋服がいっぱい」

パチンと押さえのベルトのロックを外し、楽しそうに中から次々と服を取り出していく。

「これなんか、お嬢さんに似合いそう」

ローウエストで切り替えられた生成りのワンピースを引っ張り出した光枝が、未希の胸に当てる。

「じゃあ、これに着替えます」

「待って、もうちょっと動きやすい服はないからしら……。あら、エプロンがある……けど……」

夢中になって服を物色していた光枝が、レースのいっぱいついたひらひらのエプロンにちょっと怪訝そうな顔をした。

「可愛いけど、実用的なデザインじゃないわね。普通に洗濯したらヨレヨレになっちゃうわ。他には……。あら、これは？」

次に見つけたのは丈の短いピンク色のナース服。一緒にナース帽と聴診器が出てきて、さらに怪訝そうな顔になり、すけすけひらひらのナイトウェアやセーラー服なども見つけるに至って、光枝は深々とため息をついた。

「……秀治さん、これって」

「まさにお人形さんの着せ替え用の服だな。まったく、なにを考えているのか……」

困ったもんだと言わんばかりにため息をつくふたりに、未希は「ごめんなさい」と頭を下げた。

「未希さんが謝る必要はないんだ。気にしないで……。――これには服しか入ってないみたいだけど、他に荷物は？」

「あとはこれだけです」

タクシーに乗るためのお金と手紙、ハンカチだけを入れていた小さなバッグを未希は掲げてみせた。

「アルバムとかの私物は？　向こうに置いたまま？」

「そういうものは持ってないんです。全部処分されてしまったので……」

小野塚家に引き取られたとき、母親との思い出の品はすべて捨てられた。

中学の卒業文集や友達からもらったプレゼントなんかも同じ。

面倒をみてやっているんだから感謝しろと頭を押さえつけられていた未希には、嫌だと言うことすらできなかった。

「……痛ましいな」

未希の話を聞いた秀治が、悲しそうな顔をする。

（秀治さん、同情してくれてる）

……嬉しい。

同情すればするだけ、この優しい人は自分を手放せなくなる。

未希は、微かな罪悪感を覚えながらも、そんな期待をする自分を止められなかった。


茶の間の六角形の卓袱台を囲んで、四人で夕食を摂《と》った。

小野塚家の本宅にいた頃は、多恵子とそのふたりの子供、そして多恵子の実の弟と未希との五人暮らしだったが、未希はいつも使用人達が部屋に運んできてくれる食事を、ひとりでもそもそと食べていた。

人と会話しながら食事するのは本当に久しぶりで、あまりにも温かな雰囲気にほんのちょっとした拍子でぽろぽろと涙が出て大変だった。

そんな未希に、秀治も島田夫妻も優しく接してくれる。

島田夫妻は通いで雇われていて、近所のアパートで寝起きしているのだと聞かされた。

「この人達はね、休日でも夫婦揃《そろ》って勝手に来るんだよ。休めって言っても聞かなくてさ」

秀治が苦笑する。

「秀治さんひとりだと、ろくなものをお食べにならないでしょ。主婦の食事の支度は年中無休ですからね。ついでみたいなもんですよ」

「お陰で私も美味《うま》いもんが食えてありがたいですよ。こいつ、ふたりきりだと手抜きしやがるんで」

おおらかに笑う島田は、平日は不動産系の会社社長である秀治の運転手や秘書みたいなことをやっていて、休日には庭いじりが好きだからこの家の広い庭の手入れをしているのだと言う。

仕事じゃなく趣味でやってんですと言って、秀治をまた苦笑させた。

(凄く仲がいい)

小野塚家にいた使用人達は、雇用主である多恵子を恐れていた。

逆鱗《げきりん》に触れてクビにならないように常に慎重に行動していて、だから厄介者の未希に対する態度も雇用主に右ならえ。こんな風に会話に混ぜてもらえたことなど一度もない。

雇用主の人柄の違いが、こんなところにも表れている。

優しい人達、優しい空間。

秀治のテリトリー内にさえいれば、もう辛いことは起きない。

ここは、どこよりも安全な場所に思えた。

多恵子から持たされた寝間着は教育上よろしくないと光枝に言われて、仕方なく生成りのワンピースを寝間着代わりに着た。

「未希ちゃん、きちんと鍵をかけてから眠るんですよ」

未希の就寝の準備を完璧に整えた後、からかうような口調でそう言って、島田夫妻は自分達のアパートに帰って行った。

秀治は「まったく」と苦笑しながらも、

「俺に失礼だとか思わず鍵をかけちゃっていいからね。はじめての家なんだし、そのほうが安心して眠れるだろう？」と言ってくれる。

素直にうなずいたが、未希には最初から鍵などかけるつもりはこれっぽっちもない。

部屋のドアをわざと少しだけ開けてから、ベッドに入って一時間、まんじりともせずに家の中の物音に耳をすませる。

秀治はお風呂を使った後、少し離れた場所にある書斎にいたようだったが、しばらくして寝室へと移動して行く。

（やっぱり、こっちには来てくれない）

優しくて誠実な人だから、手を出さないと言った以上、絶対に手を出してはこないのだ。

（……だったら、こっちから行くしかない）

――行ったその日のうちに手を出して来なければ、自分から寝室を訪ねなさい。

多恵子からは、そう命じられている。

ここに置いてくれると秀治は約束してくれたから、もう多恵子の命令に従う必要はない。

でも秀治は、『とりあえず、しばらく家に居るといい』と言ったのだ。

いつまでもここに居続けられる保証はない。

少しでも長くここに居続けるためには、そうすることが一番いいと未希には思えた。

さらに三十分じっと耳をすませていたが、もう物音は聞こえてこない。

（もう寝たのかな）

だったら、そろそろいいだろう。

ベッドから降りて、音を立てないようにそうっと部屋のドアを開ける。

足音を忍ばせて、小さな灯《あか》りだけがついた仄暗《ほのぐら》い廊下をゆっくりと歩いて行く。

秀治が寝室として使っていると教えられた部屋の前までくると、廊下に膝をついて、襖《ふすま》を
そうっと少しだけ開けた。

（……暗い）

部屋の灯りは消えていた。

もう少しだけ襖を開け、隙間《すきま》に耳を当てて聞いてみたら、微かに秀治の寝息らしきものが
聞こえてきた。

その規則正しい寝息に大丈夫そうだと安心した未希は、秀治を起こさないようそうっと少しずつ襖を開け、部屋の中に滑り込むとまた音を立てないようにそうっと閉めた。

ぴったり閉めた後で、また耳をすませる。

(大丈夫)

規則正しい寝息には変化はなく、闇《やみ》に慣れた目には秀治の寝姿が徐々に見えてきた。

六畳ほどの部屋の、窓の側に敷かれた布団で秀治は寝ていた。

胸ぐらいまでかけられた夏がけから出された手を腹のあたりで重ね、姿勢よく仰臥《ぎょうが》したその姿に未希はちょっとドキッとする。

(もうちょっと、近くで見たい)

そうっと近づき、枕元に座って顔を覗き込む。

(……かっこいい)

目を開けているときの秀治の顔には、常に柔和な表情が浮かんでいて、優しそうな雰囲気ばかりが目につく。

でも、こうして目を閉じていると、シャープな顔立ちが引き立って見えた。

すっととおった鼻筋のラインと、彫りの深い目元がとても美しい。

それに、ふわふわで収まりの悪い自分の癖毛《くせげ》が苦手な未希にとって、永遠の憧れのさらさらで艶やかな黒い髪。

秀治が前髪をかき上げるたびにさらりと揺れる黒髪に、未希の目はいつも釘《くぎ》づけなのだ。

(あれって癖なのかな)

かき上げても、秀治のさらさらの髪はすぐに元の位置に戻ってしまう。

ある意味、まったく無意味な仕草だからきっとそうなんだろう。

未希は、そっと手を伸ばして憧れのさらさらの髪に触れてみる。

(うわぁ、つるっつるでさらっさら)

そうっと指ですくった髪は、さらさらと指先から滑り落ちていく。

指に絡んでくる未希の癖毛ではあり得ない現象だ。

その心地良い感触に、何度か同じことを繰り返していると、さすがになにかを感じたのか、

「ん……」と微かに秀治が声を出した。

しまった、と心臓が飛び出そうなぐらいどっきりして、未希は文字通り凍りつく。

が、起きるほどではなかったようで、しばらくするとまた規則正しい寝息が聞こえてきた。

(よかった)

ホッと胸を撫《な》で下ろす。が、

(……よくない)

単に寝顔を見に来たわけじゃない。

未希は夜這いに来たのだ。

起きてもらわないことには話が進まない。

(でも、どうしよう)

起きてくださいと揺さぶり起こしたところで、この人相手だとそういう雰囲気にはならないような気がする。

なにかあった？　と心配されるのがオチ。

(だったら、どうしたら……)

——おまえがキスのひとつでもすれば、勝手に向こうから乗っかってくるから。

多恵子の言葉が、また脳裏をよぎった。

(秀治さんにキス)

想像した途端、ぼわっと顔が赤くなる。

ついでに、どきどきと心臓の鼓動も早くなってきた。

おまえは大事な商品なんだから絶対に傷物にはなるなと命じられていて、今まで誰とも恋愛絡みのつき合いはしたことがない。

当然、キスの経験もなし。

映像や友達とのおしゃべりで、どんな風にするのかは知識としては知っているけど……。

(……とりあえず、ちゅっとしてみよう)

意を決した未希は、緊張のあまりギュッと目を閉じて秀治の顔にそろそろと顔を近づけていく。

（あっ）

思ったより早く唇に触れるものがある。

目を開けると、秀治の鼻だった。

（失敗した）

ぱっと身を離し、秀治の寝息に耳をすませたが変化はない。

（次こそちゃんとしなきゃ）

今度は失敗しないよう、目を開けたまま、そろそろと近づいていく。

整った顔が視界いっぱいに広がっていくにつれて、鼓動も呼吸も早くなっていく。

（こんなに息を荒くしてたら、気づかれるかも……）

鼻息で目を覚まされたりしたら、あまりにも間抜けすぎる。

息を止め、狙いを定めて唇に唇をぎゅうっと押しつけた。

（……やわらかい）

鼻とは明らかに違う感覚。

押し当てた唇に、秀治の体温が徐々に染みてきて、なんだかとても心地良い。

（この後、どうしたら……）

舌を入れるとか下唇をはむはむするとか友達は言ってたけど、そこまでする勇気はないし、ちゃんとできる自信もない。

唇を押し当てたまま悩み続け、いい加減止めていた息が苦しくなって来た頃、

「……んん？」

秀治がやっと目を覚ましてくれた。

秀治の目が開くと同時に、未希は唇を離した。

なにを言っていいかわからず、秀治の顔をただ黙って見下ろしていると、秀治はふっと微笑んだ。

「お姫さまのキスで目覚めるなんて、なんともロマンチックだ」

（よかった。嫌がってない）

その優しそうな微笑みに未希は心底ホッとして、自然に微笑んでいた。

それを見た秀治も笑みを深くしたが、二、三度瞬《まばた》きをする間に、どうしたわけか徐々にその表情が陰っていく。

「夢……じゃないのか……」

はっきりと目が覚めたのだろう。

起き上がり、枕元の灯りをつけた秀治は、痛ましそうな表情で未希の顔を見た。

「こういうことをするようにって、多恵子さんに言われてきた？」

そう言われてきたのは事実だから、未希は黙ったままうなずいた。

でも、ここに来たのは自分の意志です、と言おうと思っていたのに、秀治の表情に同情の色を認めてなにも言えなくなる。

このまま可哀想な子だと同情してもらえたほうが、自分にとって都合がいいような気がして……。

「あのね、未希さん。これからは俺が守ってあげるから、多恵子さんの命令に従わなくてもいいんだ。君は君が望むようにふるまえばいい。誰も君を叱ったりしないから」

優しい口調で教え諭すように秀治が言う。

未希は首を傾げた。

(望むように？)

だとしたら、今したいことはひとつだ。

(もっと、キスしたい)

さっき秀治は嫌がってなかった。

むしろ嬉しそうだったから、きっと気持ちは一緒のはず……。

未希は、じりっと秀治ににじり寄って行った。

「ちょ……ちょっと、未希さん？」

真剣な顔でにじり寄って行く未希にびびったのか、秀治は軽く身を引いた。

それでも嫌がっている表情じゃないし、未希を押し戻そうとする気配もない。

ただ困惑しているだけみたいに見える。

(今、頑張らなきゃ)

明日になったら夜這い防止の対応策をとられるかもしれないし、二度とこんなことはしないようにと懇々と説得されるかもしれない。

そうなる前に、既成事実をつくってしまうのだ。

(そうすれば、ずっとここにいられる)

いつまでもここにいるためには、そうする必要がある。

小野塚家に引き取られて以来、おまえの価値はそれだけだと多恵子に言われ続けていたせいで、未希の価値観は少しばかり歪《ゆが》んでしまっている。

なんだかんだ理由をつけながらも、あらかじめ多恵子からされていた指示に従うのも、長年の歪んだ圧迫ゆえ。

「秀治さん、お願いです。私を……もらってください」

秀治の胸に思い切って飛び込んで行った未希は、おまえがキスのひとつでもすれば……という多恵子の言葉に後押しされるまま、自分から秀治の首にしがみつき、ぎゅうっと唇を押しつけていった。

「んんっ」

狼狽《うろた》えている秀治の両手が、未希の肩をつかんだ。

このまま力ずくで押し戻されるんだろうかと不安を覚えたが、肩をつかんだ手にそれ以上の力は入らない。

逆に、弱まってすらいた。

（……もしかして、迷ってる？）

もう一押しすれば落ちるのかもしれない。

でも、こんなことはしたことがないから、次にどうしていいかわからない。

仕方なく、唇を押し当てたままぎゅうっと抱きついていると、肩に触れていた手が迷う気配を見せつつも、するっと背中に回っていった。

「――あっ」

思いがけず強い力で抱き寄せられ、唇から声が漏れた。

それと同時に、未希が一方的に押し当てていただけだった唇が、より深く合わさって……。

（……すごい。ちゃんとしたキスしてる）

友達の体験談をアレコレ聞いていたのは、好奇心があったからじゃない。

いつか自分が小野塚家の都合で売られたときに、なにも知らないままだったら恐怖が倍増するだろうと思ったから、心構えのつもりで聞いていただけだ。

だから、舌を絡めたり口の中に舌を入れられたりするんだと聞いても、気持ち悪いとしか思えなかったのだが。

（これ……気持ちいい）

髪や背中に触れる大きな手の感触、そして探るように少しずつ深くなっていくキス。

未希がはじめてだと知っているから怯えないようにゆっくり進めてくれているのか、それとも秀治が優しいせいなのか……。

深まっていくキスはただただ心地良いだけで、不安も戸惑いもない。

（もう大丈夫）

このまま秀治にすべて委《ゆだ》ねてしまえば、なにもかも上手くいく。

心から安心した未希は、うっとりと目を閉じた。

「……ん……ふ……」

角度を変えて何度もキスした。

合わさった唇から溢れた雫を秀治が舐め取り、頬に耳元にとキスを落としていく。

触れる手も唇も優しくて、なんだか自分がとても大切なものになったようで嬉しい。

髪を撫でていた手が、また背中に回され、ゆっくりと布団に横たえられる。

そしてまたキス。

寝間着代わりのワンピース越しに、秀治の手が身体に触れてくる。

そして、

「……………？」

胸に触れた秀治の手が、ピタッと止まった。

不思議に思って目を開けると、困惑している秀治の顔が見えた。

「えっと……あの……未希さん？」

「はい？」

「きみ……。もしかして、男の子？」

なにを今さら、とうなずくと、秀治は心底驚いた顔をして未希の上から降りた。

「やっぱり……。女の子にしか見えないのに」

その言葉に、なにやら残念そうな響きを感じ取って、未希は急に不安になった。

「秀治さんは、男のほうが好きな人じゃないんですか？」

「多恵子さんにそう言われてきたの？」

未希は、こくっとうなずいた。

――門倉秀治はゲイだ。

多恵子は確かにそう言ったのだ。

だからこそ、おまえみたいな奴が役に立つんだと……。

「参ったな。そういう噂があるのは知ってたけど……」

秀治がひどく困惑している。

「噂？　事実じゃないんですか？」

未希は起き上がりながら聞いた。

「そうだね。男の子とキスしたのは、はじめてだ」

「そんなぁ」

ガンッと頭を殴られたようなショックを受けた。

本当は男の子なのに女の子の格好をしている自分に特別な価値を見出す男性が、かなりの少数派だってことは未希だってよく知っている。

だからこそ、秀治がそうだと教えられて嬉しかったのだ。

もう一度会いたいと願っていた特別な人が、自分を欲しがるような特殊な趣味の人だったとは、なんて幸運だろうと……。

それなのに違ったなんて。

(女の子だと思ってたから、可哀想だと同情してくれたのかも……)

そんな恐ろしい可能性に思い至って、未希は心底ぞっとした。

ずっとここにいたいなんて欲を抱いて焦ったせいで、一時的な避難所まで失ってしまったかもしれない。

(男の子だったら守ってやる必要はないと、ここから追い出されたらどうしよう)

「男の子じゃ駄目ですか？　ここに置いてもらえませんか？」

両手を胸の前で組み、ぼろぼろと大粒の涙を流しながら、それでも滲む視界に秀治を捉えて必死に懇願した。

「秀治さんがいいんです。他の人のところには行きたくない。お願いです。いらないって言わないで……」

「ああ、もう」

秀治はおもむろに未希を抱き寄せる。

「泣くんじゃない。大丈夫、追い出したりしないから……。男の子だろうと女の子だろうと関係ない。君を放り出したりしない。ちゃんと普通に生きていけるようにしてあげるから安心して」

秀治はよしよしと未希の頭を撫でた。

未希がしゃくり上げると、ぽんぽんと背中を軽く叩いてくれる。

追い出したりしないと言った以上、この優しい人は言葉通りにしてくれるだろう。

安心すると同時に、未希は少し寂しくなった。

(……さっきと、少し違う)

頭を撫でたり背中を宥《なだ》めてくれる手は、変わらず優しい。

でも、さっきまでとは触り方が確実に違う。

それは指の力の入れ具合とかの本当に些細《ささい》な違いだったけど、秀治の気持ちの変化が伝わってくるみたいで寂しい。

（キスしても、きっともう応じてくれない）

秀治は、男の子には欲情しない。

でも、未希はもっと秀治とキスしたかった。

（片思いって、こういうこと？）

小野塚家に引き取られてからというもの、恋愛なんて自分みたいな者には縁のない話だと思うようになっていた。

そんなふうに諦めて、ずっと恋愛から目を背けていた。

だから、もう一度会いたいと思ったのも、ずっと側にいたいと思ったのも、顔を見てどきどきしたのも秀治だけで……。

（でも、秀治さんは男の子じゃ駄目なんだ）

だからこれは、叶う希望のまったくない片恋。

「……ふぇっ……ぇ……」

寂しい気持ちがどんどん大きくなってきて、止まりかけていた涙がまた溢れてきた。

そんな未希を見て、大丈夫、安心してと繰り返しながら秀治が何度も何度も背中を撫でてくれる。

でも、そうされればされるだけ、未希の寂しさは増してきた。

寂しさは、今までの辛い生活の記憶に含まれていた寂しさにも共鳴して、またとめどなく

増えていく。

涙が止まらなくなった未希は、秀治の手の感触を感じながら、ただ思いっきり泣きじゃくった。

2

目が覚めると、秀治の腕の中だった。

(いつの間に)

どうやら泣きながら眠ってしまったらしい。

秀治は眠った未希を部屋には戻さず、ずっと抱きしめていてくれたのだ。

(……本当に優しい人)

微かな寝息を零す綺麗な寝顔を見ていると、胸がきゅううっと痛くなる。

また零れそうになる涙を堪《こら》えていると、台所のほうから微かな物音が聞こえてきた。

どうやら島田夫妻がもう来ているようだ。

(起きなきゃ)

秀治を起こさないように、そうっと秀治の腕をずらして布団から出た。

島田夫妻に気づかれないよう忍び足で自分の部屋に戻って、着替えてから台所へ向かう。

「光枝さん、おはようございます」

「おはよう、未希ちゃん。よく眠れた？」

「はい。ぐっすりです」

本当に、夢も見ずに眠った。

不安もないけど希望も消えた、まっさらな新しい朝。

秀治のものにしてもらえる可能性はなくなったけど、これからは多恵子の悪意に怯えて暮らさなくてもいいのだ。

それだけでも幸せなんだと、未希は自分に言いきかせた。

光枝が自宅から持ってきてくれたエプロンを借りて、朝食の支度を手伝った。

少し遅れて起きてきた秀治と島田夫妻とで和やかに朝食を摂る。

朝食の間、秀治は昨夜のことにはまったく触れずにいた。

島田夫妻には未希が男の子だってことを言わないつもりなのかなと思ったが、食後のお茶の席になると意を決したように話し出した。

「島田さん、光枝さん。驚かないで聞いてくれ。――実は、未希さんは男の子なんだ」

「……はあ？」

島田夫妻は揃って、ポカンと口を開けた。

「ご冗談でしょう？」

「本当なんだよ。男の子なんだ」

ね？　と聞かれて、未希はこくんとうなずいた。

「いやぁ……でも、どう見ても……」

怪訝そうな島田がおそるおそる未希の胸に手を伸ばしてきたが、途中で光枝に手の甲を叩かれて止められる。

「あなた、セクハラよ。私が触るわ」

「ちょっと待て。本当に男の子だったら、おまえが触ったらそれこそセクハラだろう」

「そう……なるの？」

夫婦揃って、う～んと悩んでいる。

仕方なく未希は、光枝の手をとって自分の胸にぺたっと触らせた。

「あら、真っ平ら……。これは、胸が小さいとかってレベルじゃないわね」

「男の子には見えないけどなぁ」

ふたりは揃ってため息をつきながら、未希をマジマジと見る。

なんとなく気まずくて未希がもじもじすると、「そのぐらいにしてあげなよ」と秀治が声をかけてくれた。

「秀治さんは、どうして気づきなさったんで？」

「え？　あ、いや、その……」

「まさか、本当に未希ちゃんに手を出そうとしたんじゃないでしょうね」

からかうような光枝の口調に、秀治はただ苦笑する。

「あら、今日は濡れ衣だって言わないんですか？」

「はは、まあ、色々あってね。……でも、本当に手は出してないから」

「当たり前ですよ。――未希ちゃん、ちゃんと鍵をかけなきゃ駄目でしょう」

「え、あの……」

それこそ濡れ衣だ。

夜這いを画策したのは未希で、秀治じゃない。

自分のせいで秀治が誤解されちゃ大変だ。

未希は本当のことを言おうとしたが、その前に秀治が口元に指を当て黙ってるようにとジェスチャーで告げてくる。

(……いいのかな)

秀治から光枝達に視線を移したら、彼らの顔には嫌悪や非難といった暗い感情は見つからなかった。

昨夜なにがあったかを具体的に聞かなくても、きっと彼らはわかっているのだ。

秀治が無体な真似《まね》をするような人じゃないと……。

信頼し合っている関係がなんだかとても羨《うらや》ましい。

「あら、でも……男の子なのに、どうして秀治さんに斡旋《あっせん》されちゃったのかしら？」

「それはあれだ。あの噂のせいだよ」

「……ああ、あの噂ですか」

「もう。だから否定したほうがいいって言ったんですよ。それなのに、ふたりして面白がって……」

「肯定もしてないけどね」

（……噂って）

昨夜も秀治はそんなことを仄めかしていたが、事情を聞いていなかった未希は、誰か説明してくれないかと三人の顔をきょろきょろ見る。

「多恵子さんからなにも聞いてない？」

それに気づいた秀治が声をかけてくれた。

「はい」

「そうか。——俺には、沢渡《さわたり》って絵描きの友達がいてね」

高校時代からの友達で経済的にはあまり恵まれていなかった沢渡に、学生時代の留学費用を立て替えたり、使っていない伊豆高原の別荘をアトリエ兼住居として貸し与えたりと、秀治はなにかと協力していたのだと言う。

「未希さんにはじめて会ったときも、沢渡のところに遊びに行ってたんだよ。——その沢渡ってのが、ちょっと小綺麗な顔をしてるもんで妙な噂が流れちゃってさ」

「……パトロン？」

「そう、それ」

それでも、財産目当てで近づいてくる女性や、持ち込まれる縁談の多さに辟易《へきえき》していた秀治は、噂を否定せずにこれ幸いと放置していたのだ。

「お陰で女性絡みの問題は減ったが、男の子を斡旋されるとは想定外だったな」

「すみません」

なんとなく申し訳ない気分になって未希が謝ると、気にしなくていいと言ってくれる。

「未希ちゃんにとっては幸運な話よね。噂が本当だったら、大変なことになってたもの」

噂が本当でも一向に構わない未希は、光枝のからかうような言葉に曖昧《あいまい》に微笑んだ。

「ん？　となると、なにか変じゃないですかね」

不意に島田が呟く。

「なにが？」

「いえね、昨日の手紙ですが、未希ちゃんを嫁にしてもいいと書いてあったんですよね」

「ああ、あれか……。単なる喩《たと》えでそう書いただけなんじゃないのかな」

「いえ、違います」

思わず未希が口を挟む。

「どういうこと？」

「私、戸籍上では女になってるんです」

「……えっ？」

未希の言葉に、大人三人は顔を見交わした。

「ちょっと、待って……。まさか、今回の件があったから戸籍までいじったってこと？」

「違います。そうじゃなくて、戸籍が男と女、ふたつあるんです」

「双子？」

「違います」

未希は首を横に振る。

「生まれたときの戸籍と、その……もうひとつ、母がお金で買った戸籍があるんです」

未希の父親である前代の小野塚家の当主が病気で入院した直後、未希の母親は未希を連れて小野塚の家から逃げた。

そして一番最初にやったのが、前当主から逃走用に用意してもらっていた大金で、ふたり分の偽の戸籍を手に入れることだったと聞いている。

たまたますぐに手に入るのが母娘の戸籍だったらしく、追っ手から逃れるためにも都合がいいかもしれないとそれを使うことにしたと……。

母親の違法行為に関する話だけに、未希は何度か口ごもりながら説明した。

「そこまでしなきゃいけない状況だったってことか」

「みたいです。その頃の多恵子さまには女のお子さんしかいなかったから、私の存在が目障りだったみたいで……」

だが、逃げた直後に多恵子の妊娠が発覚し、生まれた子供は男の子だった。

その子が順調に育っていけば、いつか多恵子の怒りも解けるかもしれない。ふたりとも本来の戸籍に戻る日だってくるかもしれないと未希達親子は夢みていたのだが、その日が来る前に母親は死んでしまった。

「じゃあ、ずっと女の子の格好で通してきたんだ」

「はい。物心ついたときから、ずっと……」

未希がうなずくと、どうりで……とみんなに納得されてしまった。

「ってことは、君は今も偽の戸籍を使ってるってことか」

「……そうです」

多恵子からは、そのほうが色々と都合がいいと言われていた。

小野塚家の前当主は未希を認知していたらしく、本来の戸籍に戻ると財産分与の権利も発生する。

——生かしておいて欲しかったら、そのまま女の子として大人しくしていなさい。

母親の死後、引き取られた小野塚家で多恵子にそう命じられた。

ひとりきりになったばかりで、守ってくれる人が誰もいないという現実に怯えていた小学生の未希には、うなずく以外の道は見つからなかった。

「その多恵子さんって、ちょっと変じゃありませんか？　正気じゃないとしか思えませんよ」

光枝が気持ち悪そうに言った。

それに関しては、未希も同感だ。

子供の頃、どうして自分達は多恵子から逃げたり隠れたりしなきゃいけないのと母親に聞いたこともある。

『あの人はね、すべての不幸の原因が私達親子だと思ってるの』

夫が病気になったのも、会社の経営がおもわしくないのも、自分が幸せじゃないのも、すべてが未希達親子のせい。

そんな風に責任転嫁して八つ当たりして、現実から目をそらさなきゃ生きていけない可哀想な人なんだと……。

母親のように可哀想だと思うことはできそうにないけど、八つ当たりすることで現実から目を背けているというのは今では少しだけ理解できる。

多恵子は未希が嫌がることを、わざわざ探してまでやろうとしていた。

その暗く執拗《しつよう》な情熱の出所こそが、きっとそれなんだろう。

「これが表沙汰《おもてざた》になったら、間違いなく犯罪者ですよ」

「未成年者に対するわいせつ行為の強要でね。——ついでに言うと、多恵子さんの話に乗ってたら、俺も同罪だったな」

「危機一髪ですな」

「まったくだ」

秀治が苦笑した。

「多恵子さんとしては、未希さんをエサに土地を手に入れて、さらになにかトラブルがあったときにはこちらを脅すネタも手に入れられる、一石二鳥の手だと思ってたんだろうね」

「でも実際は、そうはならなかったと」

「ああ。うっかり破いてしまったが、こっちには彼女直筆の手紙もあるし、未希さんという生き証人もいる。弁護士を立てて交渉すれば、案外簡単に未希さんを多恵子さんの保護下から取り上げることもできるんじゃないかな。来春には高校にも入学させてあげたいし、急いで手を打とう」

「高校に行かせてくれるんですか？」

未希は両手を胸の前で組み、ぱっと顔を輝かせた。

「お、嬉しそうだね」

「はい！　学校は大好きだったんです」

学校で同じ年頃の友達と一緒にいる間は、少しだけ不安を忘れられた。

男だってことがばれないよう病弱だと嘘をついて体育の授業に出なかったり、女の子達の内緒話に混ざっていることに、少しばかりの罪悪感はあったけど……。

「よし、じゃあ未希さんは月曜から受験勉強だ。——あー、それで、ひとつ聞いておきたいことがあるんだけど……」

秀治が妙に歯切れの悪い口調で言う。

「なんですか？」

「男の子と女の子、どっちになりたい？」

「え？」

「もしも女の子として生きていくほうが楽だったら、今のままの戸籍で生きていくこともできるから」

違法行為だけどね、と秀治が苦笑する。

「……あ……女の子のままで……」

秀治も島田夫妻も、女の子の服を着ている未希を可愛いと言ってくれた。

自分のものをなにも持たない未希にとって、可愛さはたったひとつの武器だ。

多恵子のところにいたときだって、悪意にずっと晒《さら》されてはいたけれど、売れる容姿をしているから守られていた部分もあるのだ。

可愛いと思ってもらえたほうが得なんじゃないだろうか？

そんな打算から出た言葉に、秀治は前髪をかき上げつつ軽く眉をひそめた。

「さっきと違ってどうも表情が暗いな。それ、本心から言ってる？」

「え……あの……」

「昨夜も言ったけど、女の子だろうと男の子だろうと関係ない。ちゃんと助けてあげるから……。本心を言ってごらん」

優しく促された途端、ぼろぼろっとまた涙が零れてきた。

「お、男の子に……戻りたい…です」

物心ついた頃から、ずっと女の子の格好をしてきた。

でも、決して女の子の服装が好きだったわけじゃない。

母親が生きていた頃は、不自由な思いをさせてゴメンねと母親からよく謝られていたし、自分達が隠れるために仕方のないことだとわかっていたから我慢していただけ。

多恵子の元に引き取られてからは、そのほうが色々と都合がいいし高く売れるという理由で女の子の格好をさせられた。

たぶん、多恵子は未希が女の子の格好をすることが好きじゃないことに気づいていたんだろう。

だからこそ、おまえのために使う金はないと言いながらも、嫌がらせの一環として普段から高価な可愛い服ばかりを未希に着せたがったのだ。

「決まりだ。今から未希くんって呼ぼうな」

あっさり秀治が断言する。

「じゃあ、さっそく男物の服を買いに行くか」

「床屋にも連れてってやってください」

「あらあなた、今は男性だって長い髪の人がいるのよ」

「俺は好かん」

「もう。……未希くんはどうしたいの？」

「短く…したいです」

長い髪なんて本当は邪魔なだけ。

しかも癖っ毛だから、ブラッシングが毎日大変だったのだ。

「よし。じゃあ、俺の行きつけの美容院に行こうか」

泣きやまないと連れて行けないよと言われて、未希は慌てて手の甲で涙をぬぐった。


「本当に切るんですか？　もったいない」

秀治がいつもカットしてもらっているという美容師が、鏡越しにごねる。

「この子はもったいなくないんだってさ。いいから切ってやってよ」

未希の脇に立っている秀治が苦笑した。

「本当にもったいなくない？　あとで後悔しない？」

「しないです。ばっさりお願いします」

「ばっさり？　具体的にどんな風にしたいか言える？」

「あんな感じがいいです」

未希は鏡越しに秀治を指差した。

さらさら艶々の黒髪だったら、きっと手入れも簡単だ。

「縮毛矯正して染めれば似た感じにはなるけど、時間かかるよ？」

いいの？　と聞かれて、鏡に映った秀治を見る。

「他の買い物は次の週末でもいいのなら」

苦笑する秀治にそう言われて、未希はしぶしぶ諦めた。

「……短くなるなら、もうなんでもいいです」

そして、一時間後。

「こんな感じでどうかな？」

鏡越しに聞かれて、未希は普通のショートカット風に切られた髪を軽く振った。

癖毛の髪は短くなってもさらさら揺れない。

それだけが少し残念だ。

「頭が軽い？」

「それ以上に涼しいです」

後頭部がなんだかスウスウする。

SHAMPOO

ずっと頭を覆っていた重い囲いがとれたような感覚で、すっきりご機嫌だ。

「ショートカットも似合うね。元々小さい顔が余計に小さく見えて、目の大きさが引き立ってる。ボーイッシュで可愛いよ」

「ありがとうございます」

とりあえずワンピースを着ていたせいもあって、美容師は未希を女の子だと思っている。

未希は曖昧に微笑んで答えた。

「よし。じゃあ次は、この髪に似合う服を探しに行くか」

秀治に促され、デパートへ。

「未希くんは、どんな服が着てみたい？」

エスカレーターに乗ると同時に、秀治が聞いてくる。

「秀治さんみたいなのがいいです」

「俺？」

秀治は、自分のジーンズにサマーセーターというシンプルな服装を見下ろした。

「たいしてお洒落なほうじゃないんだけどな」

確かに流行《はや》りの服装ではないのかもしれないが、長身でスレンダーな秀治にはとてもよく似合っている。

街を歩いていても、未希の目には秀治ほど格好いい人は他にいないように思えた。

「僕、秀治さんみたいになりたいんです」

さらさらの黒髪に優しげな物腰。

未希も大人になったら、秀治のように圧迫感のない優しい男の人になりたい。

「未希くんは、まるで生まれたばかりの雛《ひな》みたいだ」

責任重大だな、と秀治は苦笑した。

「ま、いいか。男の子の格好に馴染《なじ》んできたら、自分の好みもわかるようになるだろう」

自分で買い物に来るなんて、母親が死んで以来だ。

家で着る用の服を何着か秀治に選んでもらってから、試着室で買った服に着替えてみた。

スリムジーンズに白のシャツ、店員から勧められたチョーカーも首につける。

意を決して鏡を覗くと、見知らぬ少年がこっちを見ていた。

（……すごい。なんとなく男の子に見えてる）

ワンピースを着ている間は、髪を切っても女の子にしか見えなかった。

それに中学の頃までは、どんな服を着ていてもあまり変わりはなかったのに……。

なにが違うんだろうと、頭の先からつま先まで、鏡に映った自分の姿をじっくりと眺めてみた。

（ああ、そっか……。体型か……）

やせっぽっちで華奢な身体のラインは、本物の女の子とは明らかに違っていた。

特に、ウエストから腰にかけてのラインが……。

(だから、ずっとふんわりしたワンピース着せられてたんだ)

身長が伸びていくのと同時に、体型にも変化があったのだ。

よくよく見ると、顔の輪郭も去年よりはシャープになっているような気がする。

あと数年もすると、ワンピースを着ても女の子には見えなくなっていたかもしれない。

(なんか、おっかしいの)

未希本人より、多恵子のほうが未希の体型の変化に敏感だったのだ。

売り出すまでは、なんとか女の子に見えるように知恵を絞っていたのかもしれない。

ずっと怖いだけの人だったけど、悩みながら服を選ぶ姿を想像すると、なんだか滑稽《こっけい》に思えてきて未希はひとりでクスクス笑った。

「もう着替えた?」

試着室のカーテンの向こうから、秀治の声がする。

「はい」

未希は、自分でカーテンを開けた。

「おっ、可愛いな」

未希をひとめ見て、秀治が微笑む。

「可愛いですか?」

「うん。ちゃんと可愛い男の子に見えるよ」

「ありがとうございます」

(男の子でも、可愛いはありなんだ)

なんとなくホッとした。

履いてきた華奢なサンダルから、やっぱり秀治が選んでくれたスエード風の焦げ茶のシューズに履きかえた。

中学を卒業して以来、サンダルやミュールみたいな不安定な靴しか履かせてもらえなかったから、安定した靴がなんだか凄く新鮮で嬉しい。

「これなら全力疾走だってできそうです」

「デパート内では勘弁してくれ。それにまだ靴下履いてないんだから、靴擦れ起こすぞ」

一気に元気になって、ととんっと軽く跳ねてはしゃぐ未希に、秀治が優しく微笑む。

「どこでならいいですか?」

「家に帰ったらね。——運動は好き?」

「多恵子さまのところにいたときは運動禁止だったんですけど、子供の頃は母と近所の公園でバドミントンとかしてました」

「運動禁止って、どうして?」

「ずっと嫌がらせの一環なのかと思ってたけど、もしかしたら余計な筋肉をつけないようにするためだったのかも……」

重いものを絶対に持つなとも言われていたから、やっぱりそういうことなんだろう。

「秀治さん、バドミントンできますか？」

「人並み程度なら」

「だったら相手してくれませんか。秀治さん家の庭なら余裕でできますよね」

「できるな。……だったら、帰り際にスポーツショップにも寄って行くか」

「はいっ！」

「その前に、靴下と男物の下着だな。あとパジャマと……。光枝さんはエプロンもって言ってたか。それに、高校受験用の問題集なんかも買ったほうがいいのかな」

変な話、未希は下着も女の子のものを使っていた。

その話をしたときの秀治の顔は、けっこう見物《みもの》だったと思う。

喩えるなら、ひどく不味《まず》いものを口に入れて飲み込めずにいるときのような顔。

その顔を見た未希は、男の子に戻りたいと言ったのは正解だったんだと胸を撫で下ろしたぐらいだ。

「下着も秀治さんと一緒のがいいです」

浮かれた気分のままで未希がそう言うと、秀治は「そういうのもペアルックって言うのかね」と苦笑していた。

なんだかんだであちこち寄って、デパートを出る頃にはふたりとも両手いっぱいに山ほどショップの袋を持っていた。

「一から全部揃えるとなると、けっこう大変だな」

駐車場に向かいながら、秀治が苦笑する。

ずっと浮かれた気分だった未希は、両手にかかる重みでふと現実に戻った。

「ご、ごめんなさい。ちゃんと働けるようになったら、面倒を見てもらった分のお金はお返ししますから」

「気にしなくていいよ。……と言いたいところだけど、そう言ったら、未希くんは逆に気にやんでしまうかな？」

「はい。——母とふたり暮らしをしてたときはけっこう貧乏だったから、お金の大切さは知ってるつもりだし……。だから、いつになるかはわからないけど、ちゃんと返させてください」

「わかった。でも、面倒だから、そのお金は労働で返してもらうってことでどう？」

「労働？」

「そう。受験勉強の合間でいいから、島田さんと光枝さんの手伝いをするんだ。あの夫婦は休日も休んでくれないから、こっちとしてもけっこう気になってってね。君が手伝ってくれるなら、俺としても嬉しいな」

「喜んでやります！」

というか、頼まれなくてもそうするつもりだったから渡りに船だ。

うなずく未希を、秀治は優しい瞳で見つめてくれた。


「ただいま」

玄関の引き戸を開けながら、秀治が家の中に声をかける。

（ただいま、か……）

母親が死んで以来、未希は一度も口にしていない言葉だった。

「……ただいま」

秀治の後ろから家に入った未希は、なんとなく羨ましくなって小声で言ってみた。

その途端、秀治がくるっと振り向く。

「そんな小さな声じゃ、家の中まで聞こえないよ」

からかうように言われて、未希は思い切って大きな声で言った。

「た、ただいまっ！」

「はいはい。ふたりともお帰りなさい」

キッチンのほうから、当たり前のように返事が聞こえてくる。

それだけのことがなんだか嬉しくて、鼻の奥が少し痛くなった。

「……あらまあ、短い髪も可愛いこと」

玄関まで出迎えてくれた光枝が、未希を見て目を丸くした。

「だろ？」

なぜか得意そうに秀治が応じる。

「ええ。なんだか絵の中の天使さんみたい」

「ああ、なるほど。確かに羽根があっても違和感がないかもな」

マジマジとふたりから見つめられて、未希が照れくささにもじもじしていると、

「おっ、さっぱりしてきたな」と背後から庭仕事から戻ってきた島田の声がする。

振り返ると、島田は相好を崩した。

「おお、こりゃいい。思いの外、男の子らしくなったじゃないか」

「でしょう？　高校に通うようになったら、きっと女の子達の話題の的になるわ」

光枝まで、なにやら得意そうだ。

未希はまたちょっと鼻の奥が痛くなる。

その後、新しいエプロンを身につけて、夕食の支度の手伝いをした。

その日のメニューは、野菜たっぷりの鶏鍋。

光枝に指示されるまま未希が練ってつくった鶏団子が浮かぶ鍋を、四人でつつく。

今まで食べたどんなものより美味《おい》しく感じられて、未希は夢中で熱い鶏団子を頬張った。

「見た目が変わったせいかな。なんだか、未希くんの声まで変わったように聞こえるな」

そんな秀治の言葉に、未希は器から顔を上げた。

「この声、変ですか？」

「変じゃないけど……。ってか、本当に変わってる？」

「はい。中学の頃に声変わりしてから、多恵子さまからなるべく女の子らしい声を出すように言われてたので……」

声変わりと言っても、幸か不幸かあまり大きく変化しなかった。

だから、なるべく口数を少なく高めの声を出して、大声を出さないように心がけるだけで誤魔化すことができていたのだ。

返事を口で言わずにうなずいたり首を振ったりする癖は、そのせいで身についたものだ。

「ああ、そうか。声変わり……」

秀治が首を傾げて、未希の喉元《のどもと》を覗き込んでくる。

「な、なんですか？」

「いや……確かに、女の子にしては喉仏が出てたんだなと思って……」

「あら、でも、これぐらいなら女でも痩《や》せてる人に普通にいますよ」

「そういうもんかな」

「こんなの今だけですよ。この先、もっと出っ張ってきますって」

「かもね。意外に足のサイズも大きいし、これからグンと背も伸びそうだ」

「楽しみですねぇ」

何年か先の未希の姿をおのおの想像しているのだろう。

秀治と島田夫妻は、揃って穏やかに微笑む。

(先のことも考えてくれてるんだ)

嬉しくて、鼻の奥がまた痛くなる。

今度は我慢できずに、未希はぼろっと涙を零した。

★

その日から、未希は島田夫妻の手伝いを一生懸命するようになった。

身の回りのものを買ってもらったお返しと言うよりは、もっともっとこの家の人達に気に入ってもらいたいという思いのほうが強かった。

役に立てているという実感は、ここにいていいのだという安心感にも繋《つな》がる。

売り込み先が決まるまでは大人しくしていろと言われて小野塚家の別荘に追いやられていた間、未希は本当になにもしなかった。

勉強したり読書したりすることは多恵子に禁じられていたし、趣味を持つなんて論外だ。

ただ出された食事をもそもそ食べて、たまに散歩して、眠るだけのつまらない日々。

あの頃から比べると、やれることがある今が幸せで仕方ない。

手伝いと受験勉強の合間に秀治とバドミントンをしたり、島田がわざわざアパートから持ってきてくれた道具で一緒にキャッチボールをしたり……。

毎日が楽しくて仕方ない。

未希が楽しそうにくるくる働けば働くほど、島田夫妻は未希のことを好きになってくれるようだった。

夕食の席、未希の戸籍の件がクリアできたなら、自分達の子供にしたいとまで言ってくれたぐらいだ。

気が早すぎるよと秀治に言われて立ち消えになったが、それを最初に聞いたとき、未希は罰当たりにも嫌だと思った。

島田夫妻はとても好きだけど、彼らの養子になってしまったら、この家で寝起きすることができなくなる。

秀治の側にいられないのは、やっぱり悲しい。

でも、しばらく経《た》つと、それでもいいかと考えを変えた。

男の子である自分は、秀治のお嫁さんにはなれない。

どうしたって、一生この家にいることはできないのだ。

だったら島田夫妻の養子になって、親の仕事を引き継ぐとでも言い張って秀治の仕事をサポートするのもいい。

そうなったら、ある意味ではずっと側にいられることになるから……。

(僕は狡《ずる》い奴だったんだ)

自分の望みを叶えるために、島田夫妻の好意を利用することを考えている。

秀治は自分の望むように生きていいと言ってくれるけど、そうしようとすると多恵子に虐《しいた》げられている間は気づかなかった、自分の狡さや我が儘さがリアルに見えてくる。

いたたまれない気分にもなるけれど、悪意に頭を押さえつけられ自分の意志すら押し殺していた頃に比べれば、そのいたたまれなさすらも貴重なものに思えた。

自由になった心が、久しぶりに色んな感情を覚えて揺れ動くせいか、たまに揺り返しがきて心がざわめき、気が立って眠れなくなる夜がある。

そういうとき、末希はこっそり秀治の部屋の前まで行って、廊下にぺたっと座って閉じられた襖をただ眺める。
本当は中に入りたいところだけど、それはしない。
女の子じゃない自分が忍んで行っても秀治は喜ばない。
嫌われたくないし、迷惑だと思われては困る。
だから、ただじっとして襖の向こうの気配に耳をすましている。
襖一枚隔てた部屋で、秀治が規則正しい寝息をたててぐっすり眠っている。
その姿を想像するだけで、気持ちが徐々に落ち着いてくるのを感じるから。
（……あれ？）
ふと微かな物音を感じて身構えると、すすっと少しずつ襖が開いていく。
「なんか気配がすると思ったら、やっぱり未希くんか……」
開いた襖から眠そうな顔を出した秀治が、未希を見て苦笑する。
「どうした？　眠れないの？」
未希がこくんとうなずくと、秀治は襖を大きく開けてくれた。
「だったら、こっち来る？」
一緒に寝ようと誘ってくれてるけど、そこに色っぽい意味はない。
最初の夜みたいに、ただ抱きしめて眠ってくれるだけ。
それがわかるから、未希は首を横に振った。

「ここでいいです」

「廊下に座ってたら身体が冷えるだろう」

「平気です。そっちに行くと、また秀治さんに迫っちゃいそうだから我慢します」

「迫るって……」

秀治は苦笑すると、自分も廊下に出てきて未希の前に座った。

「……まだ、多恵子さんの呪縛から逃れきれてない？」

小さな常夜灯の仄かな灯りに、秀治の心配そうな顔が浮かび上がる。

その心配そうな目に、未希は首を横に振る。

「それは、もう大丈夫だと思います」

多恵子を滑稽だと感じたあの瞬間から、彼女に対する恐怖心はみるみるうちに減っていた。

怖くないと言えば嘘になるけど、でももう理不尽な命令に無条件でうなずくようなことは絶対にしないとはっきり言える。

「多恵子さまは関係なくて、僕自身がそうしたいだけなんです」

多恵子の言葉に背中を押されはしたが、最初の夜這いは未希自身の意志だ。

この優しい人とずっと一緒にいるために、既成事実をつくるという手段を自分で選んだ。

その根本には、秀治に対する強い想いがあった。

「僕、秀治さんが好きです」

想いを素直に口にすると、秀治はやっぱり苦笑した。

「本当に未希くんは、生まれたばかりの雛みたいだ」

「どういう意味ですか？」

「多恵子さんの悪意の殻を破って出た外の世界で、一番最初に視界に入った俺を親鳥だと思ってるんじゃないのかな。だからなんでも俺の真似をしたいし、少しでも俺の庇護下に入ろうと必死なんだ」

違う？　と聞かれて、未希は憮然《ぶぜん》とした。

「全然違います」

確かに最初の夜は、秀治の庇護下に入りたくて必死だったかもしれない。

でも、その根底にあるのは秀治に対する絶対的な好意だ。

「ただ単純に秀治さんの真似をしたいんじゃありません。秀治さんを素敵だと思うから、自分もそうなりたいだけです。秀治さんを大好きだと思う気持ちは、親鳥に対するものとは全然違います」

「そう？」

秀治は苦笑して、ため息をつきながら髪をかき上げた。

「あのね、未希くん。保護者に対する好意と恋人に対する好意、その違いが理解できてる？失礼なことを言うようだけど、君は本来の性別を歪められ不自然に育ってきた。普通に恋をしたこともないだろう」

「あります」

未希はやっぱり憮然とした。

「僕の初恋は幼稚園の先生です」

未希が男の子だってことに自力で気づいた最初の人。

児童虐待だと怒っていたけど、母親とふたりで事情を説明して黙っててくれとお願いしたら理解してくれて、その後はずっと秘密を守ってくれた。

「彼女に対する気持ちと、母に対する気持ちは違ってました」

これでどうだ、と威張ったが、秀治はそうだったのかとなぜか妙に感心している。

「秀治さん？」

「あ、いや……。初恋の相手は女性だったのかと思って……。女の子の格好をしていても、ちゃんと男の子だったんだね」

「当たり前です」

自分が女装をしているという意識は、奇妙な後ろめたさと共に常にあった。

女としてふるまわなくてはならないから、仕方なく『私』という一人称を使ってきたけど、女友達が使う『あたし』という一人称はどうしても抵抗があって最後まで言えなかった。

『私』だったら男の人でもあらたまった場面で使うときがあるけど、『あたし』はないと思うからだ。

今では誰にはばかることもなく『僕』と言えるようになった。

ただそれだけのことで、未希の気持ちがどれほど楽になったか……。

「だったら、俺に恋はしないんじゃないのかなぁ」

「してます！」

未希は胸を張って断言する。

「君はもう女の子のふりをしなくてもいいのに？」

「女の子として好きなんじゃありません。男の子の僕が、秀治さんを好きなんです！　——きっと僕、ゲ——」

ゲイなんです！　と断言するつもりだったのに、秀治の手がぱっと未希の口をふさいだ。

「ストップだ。それ以上は言っちゃいけない」

口をふさがれたままだったから、どうして？　と視線で訴えると、秀治は少し悲しそうな顔をした。

「俺には、やっぱり君が必死で俺の後を追いかけてくる雛に見える。……大人になって自分で飛べるようになるまでは、自分の可能性を狭めずに自由でいればいい。君はこの先、どんな風にだって変われる。今から自分の方向性を決めることはないんだ」

むっとした未希は、かぷっと秀治の手の平を囓《かじ》った。

「っと……。未希くんは案外乱暴だな」

引っ込めた手を、秀治がプラプラと振る。

「そんなの知りません」

母親とふたり暮らしのときは、ずっと彼女を気遣いお互いを庇い合うようにして生きてきたし、多恵子のところにいたときは頭を押さえつけられてただじっとしているだけだった。

本当の自分がどんなななのか、未希だってまだよくわかってない。

心のままにふるまっていいと言ったのは秀治だ。

それなのに、心が望むようにふるまおうとするのを止めるなんてひどい。

むっとして睨《にら》むと、未希が嚙った手の平がそうっと頰を撫でていった。

「うん、それでいい。理不尽だと思ったら怒っていいんだ。そうやって、ゆっくり自分をつくっていけばいい」

穏やかな口調でそう言うと、秀治が優しく微笑む。

大好きな微笑みに、未希はぽうっとなる。

でも……。

(僕の言うこと、信じてくれないんだ)

未希がまだ未熟な雛だと思ってるから……。

なにもわからない雛のふりをして無邪気に甘えれば、きっと秀治はしょうがないなと苦笑して応じてくれるだろう。
でも、それは未希が望むものとは違うのだ。
それが悔しくて、悲しい。
(どうやったら、秀治さんにちゃんと認めてもらえるんだろう)
大好きな微笑みに見とれながら、未希は懸命に考えていた。

島田夫妻が当然のような顔をして秀治の側にいられるのは、彼らが秀治の役に立つ存在だからだ。

3

(役に立つようになれば、ずっと秀治さんの側にいられる)

そう考えた未希は、それまで以上に島田夫妻の手伝いをよくするようになった。

どんなことでもひとりでやれるようになろうと、一生懸命島田夫妻のやることを観察して覚える努力もしている。

役に立つ存在になれば、秀治だって未希を一人前だと認めてくれるようになるだろう。

そう期待してのことだった。

そんな未希の目論見《もくろみ》を知らない島田夫妻は、せっせと手伝いをする未希を頑張ってるねと誉《ほ》めてくれる。

頑張ってるご褒美にと、ふたりで選んできた服を未希にプレゼントしてくれたりもした。

そんな風にふたりは、純粋な好意を未希に向けてくれる。

それに対して、自分はどうだろう?

自分の目的のためにふたりを利用しているような気がして、少しだけ胸が痛かった。

「未希くん、その鍋、底のほうからかき混ぜてくれる？」

夕食の支度の手伝いをしているとき、光枝に言われた。

「はい」

お玉を手に大きな鍋を覗き込むと、具の大きなビーフシチューがコトコトと煮えている。

「美味しそう」

「でしょう？　自信作よ」

浮き浮きしながらかき混ぜていると、「あら、ちょっと待って」と光枝に止められた。

「そんなに乱暴にかき混ぜたら野菜が崩れちゃうわよ。やっぱり男の子ねぇ」

ふふふっと光枝が楽しそうに微笑む。

「……これぐらい？」

「そうそう。優しく優しくね。美味しくな～れってお願いするつもりで」

「料理にお願いするんですか？」

「そうよ。大好きな人達の口に入るものだもの。お願いして、心を込めるの」

「ふ～ん」

（光枝さんも優しいな）

唇がゆるみ、それと同時に気持ちもふっくらしてくる。

「光枝さんは、島田さんのお嫁さんなんですよね」

「あら、なあに、藪《やぶ》から棒に……」

「お嫁さんになったのって、何歳のときですか？」

「二十三歳よ」

未希の母親がその年齢の頃には、とっくに未希を連れて逃げていた。

「ウエディングドレスを着たんですよね？」

「ドレスじゃないの。白無垢《しろむく》に綿帽子《わたぼうし》」

写真が見たいと言うと、今度持ってくるわねととても嬉しそうにうなずいてくれた。

(女の人にとって、やっぱり花嫁衣装って特別なんだろうな)

もしも生きていたら、母親もこんな顔で微笑む日が来たんだろうか？

未希は、嬉しそうな微笑みに、なんとなく目を細めた。

「お嫁さんになるのって、やっぱり幸せなんですよね」

「そうねぇ、お嫁さんになったときは幸せだったわね」

光枝が、サラダ用の野菜を刻む手を止めて思い出すような目をする。

「その後だって幸せじゃないですか」

「不幸だったとは言わないけど、色々大変だったわ。……あの人、馬鹿だから」

仲良し夫婦に見えていたから、この発言は未希にとってけっこうショックだった。

「島田さん、凄くいい人でしょう？」

「いい人すぎて、馬鹿がつくの」

知人に頼まれて連帯保証人になった挙げ句に逃げられ、借金をすべて背負う羽目になるぐらいにお人好しなんだと光枝が言う。

「ちょっと怖い筋の借金だったから、路頭に迷うどころじゃなくて……。このままふたりで死んじゃったほうが楽かもってぐらいに追い詰められたときに、秀治さんに出会って助けてもらったの」

弁護士を立てて違法な借金をきちんと整理し、残った分を秀治が立て替えてくれたのだとか。

「今も秀治さんに借金を返済中よ。だからね、秀治さんは私達夫婦にとって大切な命の恩人なの」

「僕と一緒だ。――秀治さんって、本当に優しいですよね」

しみじみと嬉しくなって微笑むと、光枝は秀治に似た苦笑をみせた。

「どうかしました？」

「ん？　秀治さんが心配する気持ちが、ちょっとわかるかなって思って」

「……秀治さん、僕のことなんて言ってました？」

嫌な予感がして聞くと、「教えない」とすげなく断られた。

「秀治さんとの内緒話だから……」

「意地悪」

ちょっとむっとした未希がふてくされると、光枝はコロコロと笑った。

「嫌われたくないから、未希くんとも内緒話しましょうか？」

「秀治さんがなんて言ってたか、教えてくれるんですか？」

「それは教えない。秀治さんとの内緒話なんだから……。でも、その代わり、未希くんが知らない秀治さんのことを教えてあげる」

「お願いします！」

未希は期待に目をキラキラさせた。

が、「秀治さんはそんなに優しい人じゃないのよ」とさらりと言われて、またしてもむっと唇を尖《とが》らせる。

「優しいですよ」

「私達にはね。でも、誰にでもってわけじゃないの。――秀治さんのお父さんの話って聞いてる？」

「全然知らないです」

「そう。あのね、秀治さんのお父さんは金貸しもやってたんですって」

「金貸し？」

「金融業者よ。それも自殺者を出すほどの悪徳金融業者だったらしいわ。秀治さんは、そんな父親の悪行三昧《ざんまい》を見て育ったの。父親の被害者に泣きつかれたり、危害を加えられそうになったこともあったみたいよ」

「今も？」

「まさか、子供の頃の話よ。父親が亡くなってからは、そっちの事業は完全に辞めたんですって。不動産業一本に絞ってのんびりやってるから、その手のトラブルはないみたい」

安心した？　と聞かれて、未希はうなずいた。

「だからね、秀治さんは自分のお父さんが大っ嫌いみたいなの。金の力で他人を足蹴《あしげ》にする人も嫌いみたいね。子供の頃の嫌な記憶があるから、怖い筋の借金でにっちもさっちもいかなくなってた私達夫婦を助けてくれる気にもなったんでしょう。これが事業を失敗したとかの、ある意味まともな借金だったら、きっと助けてはくれなかったはずよ」

「……僕、借金なんかないですけど」

「未希くんを放っておけないのは、お母さん絡みのお話」

「秀治さんの？」

「そう。秀治さんのお母さんは、父親の借金のせいで四十も年上の旦那さんに無理矢理嫁がされた人みたいだから……。未希くんのお母さんの話に、自分のお母さんを重ね合わせたんじゃないのかな」

秀治の母親は逃げることもせず、不幸な境遇に泣き暮らして比較的若い年齢でなくなったのだと光枝が教えてくれた。

「……でも、優しいです」

「そうね。……ただ、秀治さんは万人を救うような聖人じゃないの。未希くんが秀治さんを信頼するのは悪くないけど、あまり神聖視されると秀治さんも辛いんじゃないかな」

神さまじゃないんだから……と、光枝が呟く。

(……神さまなんて信じてない)

神さまは祈っても母親の病気を治してくれなかったし、未希を助けてもくれなかった。

助けてくれたのは秀治だ。

なんて優しい人だろうと素直に感謝して慕っているだけなのに、それになにか問題があるんだろうか？

わけがわからず、未希は鍋をかき混ぜながら首を傾げる。

「――ただいま。未希くん、いる？」

玄関のほうから、秀治の声が聞こえてくる。

「はい、いま～す！」

普段はラフな格好をしている秀治だが、仕事に行くときはビシッとスーツをきめて眼鏡なんかもかけている。

もともと長身でスタイルがいいし、しかも眼鏡で目元の印象が変わるせいか、スーツ姿の秀治はクールな印象で普段とはまた別の意味でかっこいい。

はじめて見たときなどは、「うわぁ、かっこいい」と思わず口に出して呟いて見とれてしまったぐらいだ。

そんな秀治のスーツ姿がすっかりお気に入りの末希は、浮き浮きと玄関に向かった。

「秀治さん、お帰りな…さ……」

玄関に行ってすぐ、秀治の姿を見て絶句する。

「末希くんにお土産。好きだよね？」

秀治に手渡されたのは、みゃーみゃーか細い声で鳴く茶色の毛玉。

「子猫⁉」

「うちの社員の奥さんが、捨てられてたのを拾ったんだってさ。里親を探してたから、三匹いたうちの一匹をもらってきた」

「うわぁ、可愛い」

まだ両手にすっぽり収まるサイズの茶トラの子猫。持った手の平から、じんわりと温《ぬく》もりが伝わってくる。

華奢な爪がチクッと手の平に食い込んだが、ちっとも痛く感じない。

「ふわふわだ」

頬を寄せて、ふわふわの感触を楽しんでいると、「……あらあら、まあ」と遅れてやって来た光枝の驚く声がする。

「昔飼ってた猫が死んだのが応《こた》えたから、自分ではもう飼わないって言ってませんでしたっけ？」

「俺は飼わないよ。未希くんが飼うんだ。——な？」

（……秀治さん、屁理屈を言ってる）

未希は秀治の家の居候なのだから、未希が飼うと言っても秀治が飼うのと同じだ。

未希はおかしさを堪えて深くうなずいた。

「この子、僕が飼います」

「決まりだ。責任もって面倒を見るんだよ」

「はい」

「……だったら、この道具は未希くんに渡すといいんですかね」

秀治の後ろから、大荷物を持って島田が入ってきた。

「ああ、ごめん。とりあえず茶の間に運ぼうか」

秀治も手伝って茶の間に運び込んだ荷物は、猫のためのグッズだった。

猫を飼えるのがよっぽど嬉しかったのか、猫エサに猫用の食器、猫のトイレや玩具等々……、会社帰りに一気に全部揃えてきたようだ。

「あら、この紐はなんですか？」

先端にクリップみたいなものがついている黄色の長い紐を見つけて、光枝が不思議そうな顔をする。

「散歩用のリードだよ」

「猫ですよ？」

「猫だって、家の中に閉じこもってばかりじゃ息が詰まるだろう？」

「だったら、放し飼いにしたらいいんじゃないですかね。自分でエサも捕ってくるし、一石二鳥ですよ」

「島田さん、それは昔の話なんだよ」

今は怖い病気を持っている野良猫と接触して感染しないとも限らないから……と、猫を飼ったことのない島田夫妻に秀治が猫に関することをあれこれ説明している。

未希も猫を飼ったことはなかったけど、中学の友達の家で飼っていたから色々聞いて知っていた。

（……僕の猫）

膝の上に子猫を降ろし、指先でそうっとふわふわの頭と背中を撫でてみる。

子猫は最初のうちこそ逃げたそうにもぞもぞしていたが、次第にごろごろと喉を鳴らしはじめ、やがて自分から未希の指に頭を擦《こす》りつけるようにしてくるようになった。

(なんて可愛いんだろう)

この手に委ねられた柔らかくて小さな命。

愛しくてたまらなかった。

★

自分の部屋で未希が勉強をしていると、子猫が無理矢理机の上に乗ってきて問題集の上にパタッと寝ころんだ。

「駄目だって。今、勉強中なんだから」

ひょいっと抱き上げてベッドの上にポンと置いてまた机に戻ったが、猫はすぐに未希の膝経由で机の上に乗り、またパタッと問題集の上に寝ころぶ。

遊んで欲しくて、未希の気を引こうとしているのだ。

「もう、しょうがないな」

さっきから何度も同じことを繰り返している。

しつこさに根負けした未希は、子猫を連れてベッドに座った。

枕元に置いておいた羽根の玩具を子猫の鼻先で振ると、プリプリとお尻を振って面白いぐらいにじゃれてくる。

「おまえはいつも元気だね」

子猫の成長は早く、日ごとに目に見えて育っていく。

飼い主の未希が名前をつけるようにと秀治が言うから、子猫の名前はチャイとつけた。茶トラでミルクティーみたいに優しい色をしているから、インドのミルクティーの名前にしたのだ。

洋猫の血が入っているのか、チャイはちょっとだけ顔が平べったくて、尻尾《しっぽ》だけが妙にふさふさしている。

島田などに言わせると、「子狸《こだぬき》みたいな変な猫ですな」ってことになるらしい。

未希の目には可愛くしか見えないから、はなはだ不満なのだが……。

「もう少ししたら、散歩に行こうか？」

猫だって散歩すると言い張る秀治の意見に、密《ひそ》かに未希は眉唾《まゆつば》だと思っていたのだが、チャイは意外にも散歩を好んだ。

それだけじゃなく、家の中にいるときはいつも未希の後を追いかけて足元をうろうろしているものだから、光枝からは犬みたいだと言われているぐらいだ。

「狸だの犬だのって、みんなひどいよね。チャイはこんなに立派な猫なのに」

羽根を狙ってプリプリとお尻を振る仕草は、まさに猫そのもの。

こんなに可愛い猫は今まで見たことない、とチャイ可愛さですっかり親バカになっている未希は思っていた。

羽根を振って散々遊んでやっても、好奇心旺盛な子猫は飽きることがない。

先に音《ね》を上げた未希は、チャイを無理矢理膝の上に乗せ喉を撫でる。

チャイはもっと遊びたいと最初のうちはジタバタしていたが、すぐに気持ちよさそうにごろごろ喉を鳴らして目を閉じた。

「……なんか眠くなってきた」

秋が深まり少し肌寒くなってきた昨今、人間より体温の高い子猫の温もりがじんわりと染みてきて心地良い。

ごろごろいう喉の音はなんだかとっても平和な感じで眠りを誘う。

睡魔に誘われるまま、未希はパタッとベッドに倒れた。

そのまま、すうっと意識が遠のきかかったとき、部屋のドアをノックする音が聞こえた。

「はいっ！」

慌てて飛び起きると同時にドアが開き、秀治が顔を出す。

ベッドの上に座っている未希を見て怪訝そうな顔をした。

「あれ、寝てた？」

「あ、いえ、勉強してました。その、ちょっと……休憩してただけで……」

勉強するからと言って、光枝の手伝いを抜けてきているのだ。

呑気《のんき》に寝てたなんて言うのは、ちょっと気まずくて未希はしどろもどろになった。

「サボったって怒ったりしないよ」

秀治は、そんな未希を見て苦笑する。

「っていうか、むしろもっと気楽にしてていいんだよ。自分の家だと思ってさ」

（……自分の家）

たぶん秀治は、それを何気なく言ったんだろう。

深い意味はないとわかってるのに、未希はなんだか嬉しくて、うっかり涙が滲みそうになった。

「秀治さん、お仕事は？」

今は平日の三時すぎ、普段の秀治は会社に行っている時間帯だ。

朝は確かにパリッとしたスーツ姿で出掛けたはずのに、目の前の秀治はラフな普段着姿だ。

「今日は午後から休みなんだ」

秀治は部屋の中に入ってきて、未希の隣りに座った。

「弁護士さんと打ち合わせがあったからね」

「僕の件でですか？」

「うん、そう。——弁護士さん、未希くんのこと凄く感心してたよ」

事実確認のために、弁護士が未希の過去を色々と調べてくれたのだと言う。

それで、中学時代の未希の成績を知り、感心しきりなのだとか。

「凄く頭がいいんだってね。こんな子に教育を与えないのは間違ってるって憤ってた」

「ありがとうございます」

成績がいいことを誉めてもらえたのははじめてかもしれない。

ちょっと嬉しい。

「あとね、未希くんの中学校時代の女友達にも何人か会ってきたって。未希くんと連絡がとれなくなったことを心配してたそうだよ。それでね、未希くんが多恵子さんのところから出たんだって話をすると、みんなよかったって喜んでたらしい」

「喜んでた？」

未希は軽く首を傾げた。

「学校では、家のことはなにひとつ話さなかったのに……」

多恵子から余計なことは言うなと言われていたし、声変わりした後は極力口数を少なくするようにしていたので、友達に囲まれているときの未希はもっぱら聞き役だった。

「それでも、ずっとなにか変だって感じてたんだろう。最近じゃ、未希くんに連絡がつかないし居場所さえ教えてもらえないから、変だ変だってみんなで話してたんだって……。親に頼んで、警察に通報してもらおうかって考えてた子もいたらしいよ」

「そうですか」

自分のことで精一杯で、友達が心配しているかもしれない可能性に全然気づいてなかった。心配させて悪かったなと思うけど、気にかけてくれている人達がいるってことが、なんだかとても心強い。

「今度、電話してみたら？」

「……電話、ですか……」

「ん？　友達の電話番号とか多恵子さんに処分されちゃってる？　だったら、弁護士さんが控えてるから教えてもらえるよ」

「はい。あの……そのうち連絡してみます」

「気乗りしない？」

「いえ、連絡はとりたいんですけど……。その……次に連絡するときは、男の子だってことをちゃんと打ち明けなきゃいけないだろうし……。騙《だま》されたって怒られそうだなぁと思って……」

不可抗力とはいえ、同性同士でなきゃ話せないような内緒話も全部聞いてしまっている。

今さら、実は男の子でした〜などと呑気に打ち明けたら、気まずい思いをする子もいるんじゃないかと思うのだ。

未希は、そんな風に秀治に説明した。

「まあ、それは仕方ない。諦めて怒られるしかないな。……っていうか、そのことでは怒られないような気がするけどね。むしろ、連絡しなかったことを怒られる覚悟をしといたほうがいいんじゃないかな」

「そういうものでしょうか？」

「たぶん。……その子達が、君を本当に友達だと思ってくれてるならね。——そういえば、男友達は？」

「いません。多恵子さまに同性とは話しちゃ駄目だって言われてたので……」

「ああ、なるほど。女の子時代の君はお人形さんみたいだったから、うっかり仲良くなっちゃうと恋されちゃう可能性大だったろうし……。実際、告白とかされなかった？」

「……少しだけ」

なんとなく気まずくなって俯くと、秀治は「だろうね」と納得したようにうなずく。

「……チャイ、どした？」

未希の膝の上で大人しくしていたチャイが、不意にみゃあと甘えた声で鳴いて、未希の手に無理矢理頭を擦りつけてきた。

「ふたりだけで話してたから、話に混ぜて欲しくなったのかもな」

秀治は、未希の膝の上からチャイを抱き上げると立ち上がった。

「まだ勉強する気ある？　よかったら、散歩にでも行かないか」

「はい、行きます！」

未希も喜んで立ち上がった。


チャイを連れて散歩に行くと言っても、犬のようにずっと歩かせるようなことはしない。ちゃんとリードをつけてから、とりあえず抱っこしたままで近所の公園か川沿いの遊歩道まで行って、比較的安全な場所に出てから地面に降ろすようにしていた。

面白いもので、チャイは家の敷地内にいる間なら秀治や島田夫妻にも抱っこされているのに、敷地から一歩でも外に出ると未希にしか抱っこされなくなる。

一番信頼されてる証《あかし》みたいで、未希は嬉しかった。

この日は、秀治の希望で近所でも一番広い公園に向かった。

到着してすぐに地面に降ろすと、チャイはさっそく草むらに顔を突っ込んで草の匂いをくんくんと嗅《か》ぎはじめる。

チャイは犬のように歩くことが好きなわけじゃなく、目についた好奇心をそそるものを観察したり、前足でちょいちょいとつついたりすることが好きみたいだ。

だから散歩といっても、一カ所にずっと立ち止まったままでいなきゃいけないことのほうが多い。

「未希くん」

草むらに顔を突っ込んだままのチャイのすぐ側にしゃがみ込んで、くんくんと執拗に草の匂いを嗅ぐチャイを見守っていた未希を秀治が呼ぶ。

「はい」

未希は秀治を見上げる。

少し傾きかかった日差しが顔に濃い影を落としているせいか、彫りの深さが際立って少し厳しい顔に見えた。

「受験する高校、もうちょっとランク上げない？」

「え、別に今のままでかまいませんけど」

秀治の家から近くて評判がいいところを、島田夫妻が調べてくれたのだ。

特に不満はない。

「そう？　弁護士さんがね、せっかく優秀なんだから、全国でもトップクラスの高校に入学させたほうがいいんじゃないかって言ってくれてるんだ。でもそうなると、家からじゃ通えなくなる」

部屋を借りるにしても、今の未希にはまだひとり暮らしは早すぎるだろう。弁護士さんがいい下宿屋を知っているというから……と、秀治が話を続ける。

未希は「待ってください」と慌てて立ち上がった。

「僕、今のところがいいです」

秀治の家から高校に通うという前提で話が進んでいたから、未希は密かに喜んでいたのだ。

これで確実に、あと三年は秀治の側にいられると……。

「秀治さんのところにいたいです」

はっきりと思うままを口にすると、秀治は「そう？」と首を傾げ苦笑した。

「今の未希くんには、将来のことを視野に入れて考える余裕はまだないかな」

「将来のことなら、ちゃんと考えてます！」

「どんな風に？」

「秀治さんのお仕事を手伝えるようになりたい」

「……やっぱり、ちゃんと考えるにはまだ早かったか」

未希の言葉は秀治の耳を素通りしてしまったようで、秀治は露骨に困った顔をした。

「まだ僕が雛に見えますか？」

「うん、見える。――雛と言うより、まだ飛べない小鳥かな。小さい羽をパタパタさせて、ヨチヨチ歩いてるみたいな」

少々むっとしたが、今の未希がなにを言っても秀治の認識を変えることはできないような気がした。

だから、ちょっと攻め方を変えることにする。

「だったら、よそにやらないでください」

「ん？」

「今の僕には秀治さんが必要なんです。秀治さんの姿が見えるところにいさせてください」

まっすぐ見上げると、秀治は髪をかき上げ、深くため息をついた。

「わかったよ。……そうだな。せっかく助けたんだ。ちゃんと羽ばたけるようになるまでは、俺のところに置いとくか」

「そうしてください」

秀治の決意を、未希はギュッともう一押し。

（いっそのこと、本当に女の子だったらよかったな）

一度はいいところまでいったのだ。

女の子だったら間違いなく夜這いは成功していただろうから、お嫁さんにしてくださいともう一度頼むこともできていた。

でも、男の自分ではその手は通用しない。

髪を切って、男の子の格好をするようになってから一月近く経っている。

短い髪や動きやすいジーンズに慣れてくると同時に、ふとした仕草や表情なんかも徐々に男らしくなってきてるんじゃないかと自分でも思う。

カツラを被《かぶ》ってワンピースを着ても、きっともう秀治が可愛いと言ってくれたお人形さんみたいなお嬢さんにはなれない。

迫ったところで、キスにさえ応じてくれないかもしれない。

「将来の件は聞かなかったことにしておくから……。今から決めつけずに、のんびり自分の道を決めるといいよ。――こういうことは、焦るとろくなことがないから」

なにやら、しみじみとした口調だった。

未希が軽く首を傾げると、「俺がそうだったから」と秀治が苦笑する。

「秀治さんは、お父さんの会社の一部を引き継いだんですよね？」

「光枝さんに聞いた？」

「はい。お父さんの仕事が嫌いだったから、金融業を廃業して不動産一本に絞っ……あっ！」

未希は思わず両手で口を押さえた。

「……内緒だったんだっけ」

手の平の下で呟くと、秀治が苦笑する。

「光枝さんと未希くんだけの内緒話？」

「……です」

「だったら、ばらしたことは俺と未希くんとの内緒にしとこう」

「光枝さんを怒りませんか？」

「怒らないよ。本当のことだから……。子供の頃から、父が大っ嫌いでさ。あいつが死んだら、あいつがつくったシステムは全部ぶちこわして被害者を助けてやろうと思ってたよ」

「実行したんですよね？」

「うん、した。……後悔もしたけど」

「後悔？」

「被害者だと思ってた人達の一部が、被害者じゃないことに気づいてね」

意味がわからず、未希は首を傾げた。

「自分の欲望を制御する努力を放棄して、ずるずるとただ滑り落ちていく人もいるってことさ。過剰な金利から助けた途端、もっと助けてくれと一部の人達にすがりつかれて、真面目《まじめ》に働くようにと断ったら恨まれた。その人達の中では俺も父も変わらないようだった」

「逆恨みだ」

「そうだな。そうなってからあらためて調べてみたら、父のやっていたことのすべてが悪事ではないとわかった。……自分が、所詮《しょせん》は世間知らずの苦労知らずのお坊ちゃんでしかないってことも……」

金融業を整理したのは、その後だと秀治は言った。

「どう動こうと人の恨みを買う仕事だ。自分だけじゃなく社員にもそれは及ぶ。俺は、企業の責任者としてその重圧に耐えられないと自覚した。――情けないだろう？」

失望した？　と聞かれて、未希はぷるぷると横に首を振った。

「そう？　自分ではかなり情けないと思うんだけどなぁ」

「多恵子さまに言われるままのお人形さんになってた僕より、ちゃんと自分で考えて行動してるんだからずっと立派です」

「比べるようなことじゃないと思うけど」

秀治が苦笑する。

「多恵子さんに引き取られたとき、未希くんはまだ小学生だった。言いなりになる以外、自分を守る方法を見つけられなかっただけだよ」

（そう……なのかな）

多恵子に引き取られたばかりの頃は、まだ外の世界との繋がりがあった。

母親とふたり暮らしをしていた時代に知り合った人々に助けを求めていたら、また違う道が開けていた可能性もあったんじゃないかと最近思う。

病床の母親も、自分になにかあったらアパートの大家さんを頼るようにと言い残していたし……。

でも未希は、多恵子のことを幼い頃から『怖い人』と聞かされていたせいもあって、突然現れた多恵子に対する恐怖に足がすくんで動けなくなってしまった。

「もっと僕に勇気があったら……って、最近思うんです」

少し苦い気分で言うと、秀治はなにも言わずただ微笑む。

（……優しい顔）

最初に好きになった表情だった。

ついつい、ぽうっと見とれていると、視界の隅を派手なピンク色が横切った。

ぱっと視線を向けると、植え込みの向こうからピンク色のボールが転がってきて、それを追って大きな犬ががさっと飛び出してきて……。

「チャイ！」

あんな大きな犬にちょっかいかけられたら危ないと、未希は慌ててチャイを抱き上げようと手を伸ばした。

だが、尻尾を普段の三倍にも膨らませたチャイが、自分の何十倍もある犬に向け、キシャーッ！　と威嚇するのを見て手が止まる。

威嚇された犬はというと、大きい身体に似合ったおっとりした気性みたいで、なんだこの小さいの？　と不思議がっているようなそぶりだ。

「わあ、すっごい度胸」

偉いぞと声をかけると、チャイは脱兎《だっと》の如《ごと》く未希の腕の中に飛び込んできた。

そして、未希の腕に抱っこされたまま、また犬に威嚇する。

「……なんだよ。怖かったのか」

腕の中のチャイは、耳を伏せ、ブルルッと小刻みに震えていた。

「この犬の飼い主はどうしたのかな」

未希がチャイに手を伸ばしたのとほぼ同時に、犬を止めようと動いてくれた秀治が、犬の隣りにしゃがみ込み宥めるように撫でながら周囲を見渡す。

「……あの人か」

植え込みの向こうの広場から、女性が駆け寄ってきた。

「すみませ〜ん。……あ、猫ちゃん。大丈夫でした？」

「はい。ちょっと驚いただけですから」

「それならよかった」

女性はホッとしたように、犬の首輪にリードを取りつけた。

「もう少し先にドッグランがあります。ボール遊びなら、そっちのほうがのびのびできますよ。この遊歩道はお年寄りも通りますからね。びっくりさせて転びでもしたら大変だし、この子が悪者になっては可哀想だ」

秀治が犬の背中を撫でながら、穏やかな口調でたしなめる。

「そうですね。次からは気をつけます」

すみませんでした、ともう一度謝って女性は去って行った。

その間、チャイは怯えたまま、犬の姿が見えなくなっても震えは止まらない。

「チャイってばまだ怯えてる。怖いんなら、威嚇しなきゃいいのに……」

「本能なんだろう。——今日はもう地面に降りそうにないな」

未希のシャツに爪を立ててしがみついているチャイを見て、帰ろうか？　と秀治が促す。

うなずいて、ふたり並んで遊歩道を家に向けて歩き出した。

(本能か……)

とりあえず威嚇して、相手がひるんだ隙に逃げようとしていたのか。

(僕にはたぶんないな)

多恵子のところから逃げようとすらしなかったのだから……。

でも、未希の母親は逃げた。

乳飲み子だった未希を守るため、なにもかもを捨てて逃げ出した。

小野塚の前当主の愛人になったとき、彼女はまだ高校生だったと聞いている。

世間を知らぬまま歳を重ねてきたのだろうに、よくそんな勇気が湧《わ》いてきたものだと今さらながら感心する。

性格なのか、それとも母親だったからなのか……。

(多恵子さまも強いし……)

多恵子の子供はふたり。

未希より四歳年上の女の子と一歳下の男の子。

異母姉弟になるのだろうが、母親に右ならえの目つきで見つめてくる彼らを、未希はどうしても姉弟とは思えなかった。

同じ屋敷内で暮らしてはいても、普段から未希は自分の部屋で食事を摂っていたし、彼らとはなるべく顔を合わせないようにしていた。

多恵子も、彼らに未希には近づくなと言っていたようだ。

未希と子供達が、まかり間違って仲良くならないようにと思ってのことだろう。

だから、息をひそめ俯いてさえいれば、彼らから害を受けることはなかったのだけど……。

（でも、あの人は違ったっけ……）

多恵子の家で暮らす、もうひとりの人物の顔をふと思い出し、未希はぞっと身震いした。

多恵子達のように見下したような目で見つめてくるようなことはなかったけど、それ以上にその人の視線はおぞましく、怖いものに感じられた。

ある意味では、多恵子よりずっと怖かった人……。

「た、多恵子さまが欲しがってる土地って、どういうところなんですか？」

嫌なことを思い出しそうになった未希は、慌てて秀治に話し掛けた。

その途端、「やっと聞いてきたな」と秀治が嬉しそうな顔をする。

「自分がなにと引き換えに売られそうになったのか、まったく興味を示そうとしないから気になってた」

「ああ、そうだったんですか……」

確かに今まで全然気にならなかった。

たぶん、自分が多恵子の利益のために売られることを仕方のないことだと、最初から諦めていたせいだ。

「ここから車で三十分ほどのところにある、駅近くの商店街の一角だよ。父の代からもうずっと長いこと複数の商店主達に貸してあるんだ。だから売れと言われても売れない。店子《たなこ》を追い出すわけにはいかないから」

法律的にも店子達の権利は認められているから強制的に退去させることはできない。

そう断っても、多恵子は諦めないのだと言う。

「実力行使で追い出すつもりでいるみたいだから、余計にうなずくわけにいかなくてさ」

「そんな面倒事がある場所を買って、多恵子さまになにかメリットがあるんですか？」

「どうもショッピングセンターをつくりたいみたいだな。ほら、最近、駅近くに大規模なのがあちこちでできてるだろう？」

「……それをつくって儲《もう》かるんでしょうか？」

「無理だと思うよ。地元の人口はさほどでもないし、たいした目玉のないショッピングセンターなんて中央から人を呼べるほどの魅力もないだろうし……」

止《や》めたほうがいいと説得しても、やっぱり諦めないのだとか。

「どうしてそこに執着するんでしょう？」

「近くに大規模マンション群の建設予定があったんだ。でも、計画していたのが外資系の企業だったからね。ここ最近の金融市場の悪化で立ち消えになる可能性が濃厚だ」

「……ばっかだなぁ。多恵子さま、思い込みが激しいところあるから……」

思わずぼそっと呟くと、秀治がやっぱり嬉しそうな顔をした。

「いい傾向だ。──本当にね、なんとか考えを変えさせようと思って、こっちで違うプランを立てても、まともに取り合おうとしてくれない」

「……だったら、僕の件もなかなか進展しそうにないですね」

「大丈夫だよ。受験には間に合うようにするから」

ちょっとしょんぼりした未希に、秀治が励ますように言った。

「面倒かけてしまってごめんなさい」

「気にしなくていい。面倒だなんて思ってないから……。今、ここで手を引いたら俺だって後悔するし」

任せておいてくれと、秀治が穏やかに微笑む。

安心できる微笑み。

（この人なら、大丈夫だって思ったんだっけ……）

初対面のとき、この人なら野良猫の親子を救ってくれるだろうと信じた。

けっきょく違う人に先を越されたけど、秀治はあの野良猫の親子のことをずっと気にかけてくれていた。

(僕は今、この人のテリトリー内にいるんだ)

あの野良猫の親子を羨ましいと感じていたこともあったんだと思い出して、今の自分の立場がとても幸福なものなんだと、今さらながら再認識した。

(お嫁さんにはなれないけど……)

いつか秀治の家から独り立ちしなきゃいけない日がくる。

でも、その日が来ても、今度は自分の足で秀治の側に近づいていけばいいのだ。

所有物にはなれなくても、必要だと思ってもらえるようになりたい。

「よろしくお願いします」

歩きながら頭を下げると、胸に抱きかかえていたチャイが潰《つぶ》れて、みぎゃっと鳴いた。


玄関のドアを開けた途端、腕の中からチャイが飛び出して家の中へと駆け込んで行った。

「あ、チャイ、こらっ! 足を拭かないと駄目だよ。——ただいま」

普段は大人しく足を拭かせてくれるのに逃げ出したところをみると、大きな犬との接近遭遇がかなり響いているんだろう。

未希もチャイを追いかけて家の中に入って行ったが、二、三歩進んだところで、向こうから駆け戻ってきたチャイが腕の中にまた飛び込んできた。

「チャイ、どうしたの？」

お帰りなさい、と光枝が奥から顔を出した。

「チャイは知らない人にびっくりしたみたいね。秀治さんに、お客さんが来てるんですよ」

「誰かな？」

「沢渡さんです」

「またあいつは連絡もなしにいきなり……。——未希くん、チャイの足を拭いたら茶の間においで。紹介するから」

「はい」

言われたとおりにしてから、チャイのリードをつけたまま一緒に茶の間に行った。

「こんにちは」

茶の間に入ってすぐ、畳に直接座ってぺこっと頭を下げる。

顔を上げると、目の前に至近距離から顔を覗き込んでくる男の顔があった。

煙るような長い睫毛《まつげ》に淡い色の形のいい瞳が印象的な、華やかな顔。

（……わあ、美形）

ぱっと見てそう思い、次にどこかで見た顔だと気づく。

「——あ、沢渡絢斗《けんと》さんだ」

「おや、俺のこと知ってた？」

「はい。友達があなたのファンだったので……」

　本業は画家だが、イベントポスターやベストセラーの装丁、舞台美術なども手がける新進気鋭のアーティスト。才能と同時にその美貌も注目されていて、ＣＭなどにも出演していると聞いている。

　生憎《あいにく》未希はテレビをあまり見せてもらえなかったからＣＭは見たことがなかったけど、雑誌のインタビュー記事などは友達に何度か見せてもらっていた。

「沢渡、この子が沢田未希くん。——未希くん、こいつが前に言った、伊豆高原の別荘を貸してる友人だ」

「秀治さんがパトロンをしてるって噂の人ですよね」

（どうりで……）

　この華やかな顔なら噂を立てられても仕方ないような気がした。

「噂の人ねぇ……。君もけっこうな噂になってるんだけど」

　知ってる？　と沢渡に聞かれた。

「僕？」

「ああ。噂じゃ、君は可愛い女の子になってたな。で、こいつの新しい恋人だって……」

「え⁉」

「俺の⁉」

未希と一緒に、沢渡の親指に指差された秀治もびっくりしている。

「なんだよ。おまえまで知らなかったのか？　例の、えっと小野塚……だったっけ？　あそこのオバサンが、自分のところの子供をおまえに盗られたって、あちこちで吹聴しまくってるらしいぜ」

「なにを馬鹿なことを……」

「ってことは、やっぱり俺のときと同じで、ただの噂なのか？」

「ああ、そうだ」

秀治は、手っ取り早く沢渡に未希の事情を説明した。

「──そりゃまた、えぐいことを考えるなぁ」

話を聞いた沢渡は、じっくりと未希を眺めた。

「まあ、確かに可愛いから売れるかもな。でも売る相手はちゃんと選ばないと……。──よりによって冗談の通じない秀治に売るなんて、あのオバサン、商売下手だな～」

「そういうレベルの話じゃないだろう」

「怒るなよ。俺にとっちゃ、茶化さないとやってられないレベルの話なんだ」

「そうか……。しかし、困ったな」

秀治が髪をかきあげながら、深くため息をつく。

同時に、ズキッと未希の胸が痛んだ。

「迷惑かけてごめんなさい！」

申し訳ない気持ちで自然に頭が下がる。

「謝らなくていいよ。未希くんが悪いんじゃないんだから」

「でも、僕のせいで変な噂が……」

「ああ、それならかまわない。こいつのときので慣れてるし」

秀治は苦笑しながら、沢渡を指差した。

沢渡は黙ったままでニヤニヤしている。

「ただ、こんな噂は君のためにはならないからね。それもあって、多恵子さんとの話し合いでも極力下手に出て要求をはぐらかしてたんだけど……」

業を煮やして脅しにかかってきたのかな、と秀治が呟く。

「どういうことですか？」

「彼女、取引に応じなければ警察に駆け込むって言ってるんだよ」

「オバサン、自首するってか？」

「そんな殊勝な女性じゃない。俺を未成年者に対する淫行で訴えるって言ってるんだ」

「ご、ごめんなさい！」

「だから未希くんは謝らなくていい。訴えられても、事実無根だからこっちは痛くも痒《かゆ》くもない。むしろ、困るのは向こうさ。ただ訴えられてしまうと、その後の調書なんかで、未希くんが女装を強要されてたって記録が公式に残ってしまうだろう？　未希くんのお母さんが違法な手段で偽の戸籍を手に入れたってことも明らかにされてしまうし……。可能なら、それは避けたいんだよ」

（僕達親子のために……）

自分の不名誉は後回しにして、守ろうとしてくれている。

その気持ちは本当にありがたい。でも……。

「僕のことなら気にしないでください。警察でもどこでも行きます。あの人から完全に解放されるなら、どんなことだって平気。母もきっと同じ気持ちだと思います」

最上の結果を求めてずるずると話し合いを長引かせるより、少しぐらいのリスクがあっても早く自由になったほうがいい。

そのほうが、きっと秀治にかかる迷惑も少ないだろうし……。

じっとまっすぐに見つめると、秀治はわかったとうなずいてくれた。

「そうだな。あれこれ考えすぎて、少し臆病になりすぎていたかもしれない」

またしても秀治はため息をついた。

「とりあえず、もう少しだけ話し合いをしてみるよ。それで駄目なら、こっちから実力行使に出よう」

「まだ様子見するのかよ。ほんっと秀治は優柔不断だよなぁ。結果は一緒なんだから、ぐずぐずためらってないでとっとと行動しちまえばいいのにさ」

「うるさいよ」

茶化す沢渡を、秀治がこづく。

（なんか僕といるときより、気安い感じ……）

同年代の友達だからなのだろうか、未希の前では常に大人らしく落ち着き払った態度をとっている秀治が、沢渡相手だと砕けた感じになる。

少し羨ましかった。

ずっと未希の後ろに隠れていたチャイが、沢渡の存在に慣れてきたのか、やっと膝に乗ってきた。

頭から尻尾まで何度もつるんと撫でていると、気づいた沢渡が覗き込んでくる。

「変な顔の猫だな」

「……可愛いと思いますけど」

「そうか〜？」

沢渡は、チャイから未希へと視線を移して意味深に笑った。

「猫はともかく、君は間違いなく可愛いな。秀治が一目惚《ひとめぼ》れしたのもうなずける」

「一目惚れ？」

心臓の鼓動が、どくんと高鳴った。

「そ」

「沢渡！」

秀治は慌てたように怒鳴った。

「なんだよ。すっごい可愛い子が手にハンカチを巻いてくれたってニヤニヤしてたの、あれ、この子のことだろ？」

「それはそうだけど……。でもそういう意味じゃない」

「女の子じゃなかったから？　おまえ、心狭いなぁ」

「それも違う。あれは単に可愛い子に会ってご機嫌だっただけ。それを一目惚れだなんて短絡的すぎる。おまえは子供か？」

「俺の勘違いだっていうのかよ」

「そのとおりだ」

「そうか〜？　おまえとは長いつき合いだけど、あんなにやけた顔見たのははじめてだったけどな」

「勘違いだ！」

秀治が断言する。

「つまんねぇの」

「…………ホントに」

どきどきしながらふたりの会話を聞いていた未希がぼそっと呟くと、秀治はギョッとしたようにこっちを見た。


その夜は、今日は泊まっていくという沢渡も交えて賑《にぎ》やかな夕食になった。

けっこう頻繁に遊びに来ているようで、沢渡は島田夫妻とも気心が知れているようだ。

普段はたしなむ程度にしか飲まない秀治の酒も進む。

当然だが酒を飲めない未希は、光枝と一緒に夕食のあとかたづけやつまみづくりにいそしんだ。

「これで最後。これを運んだら、未希くんは先にお風呂をもらってから部屋に戻ったほうがいいわよ。あの人達、朝までだって飲んでるんだから……。私も切りのいいところで旦那を回収して帰るから、宴会のあとかたづけは明日の朝ね」

「はい」

もうちょっとだけ一緒にいたいような気がしていたけど、つまみを手に茶の間に行くと秀治達は共通の知人の話で盛り上がっているところだった。

（……わからない）

話題について行けない未希は、つまらなそうな顔をして側にいるのも悪いかと、諦めて光枝の助言に従った。

チョロチョロと後をついてくるチャイと一緒に部屋に戻り、中断していた勉強の続きをはじめる。

が、集中できなくてすぐに止めた。

頭の中では、さっきの沢渡の『一目惚れ』という言葉がリピートされ続けている。

「一目惚れしてくれてたらよかったのに……」

そしたら両思いだ。

お嫁さんにしてください！　と訴える自分に、喜んで、と秀治が応えてくれる。

そんな場面を想像して、未希はひとりで無意味に照れた。

「わぁ、想像だけでもう嬉しすぎてどうにかなりそっ」

机の上に居座っていたチャイを無理矢理抱っこして、ベッドにダイブ。

腕の中のチャイが、迷惑そうにふにゃあと小さく鳴いて逃げて行く。

（……でも、男の子じゃ本物のお嫁さんにはなれないか）

自分が男の子だと判明した途端、幸せな夢は泡と消える。

幸福な気分に酔った後だけに、そんな想像だけでもかなりがっくりきた。

本当の女の子ならよかったのかな、とまた想像してみる。

(その場合なら、すんなりハッピーエンドだ)

最初のプロポーズで失敗したとしても、その後の夜這いは中断することなく大成功。

既成事実をつくってしまえばこっちのもの、きっと本当にお嫁さんにしてもらえてたかも
……と考えると同時に、嫌な現実が見えてきた。

「その場合は、秀治さんが犯罪者になるんだ」

多恵子に訴えられ、未成年者に対する淫行で前科者。

それは駄目だ。

「男の子でよかったのか」

だからこそ、危ないところでストップがかかった。

自分の幸せと秀治の名誉、秤《はかり》にかければ秀治の名誉のほうが上になる。

少し前までは、そんな風に考えることすらできなかった。

幸も不幸も人任せの、命令されるだけのお人形さんだったから……。

秀治に出会えたことで、すべてが変わったのだ。

もう一度会いたいと望むようになって、ずっと側にいたいと願うようになって、どうしたら側にいられるかと考えるようにもなった。

多恵子のところにいたときは、自分の未来なんて怖くて想像もできなかったけど、今はち

ゃんと秀治の側にいる自分を想像できる。

その想像を現実にするために努力する機会も与えてもらっているのだ。

（……幸せだな）

不意に、そんな言葉が胸に浮かんだ。

大切な人がいて、叶えたい夢もある。

お人形さんだったときは、秀治の側に行けばきっと幸せにしてもらえると期待していた。

確かに今は幸せだと思えるようになったけど、でもこの幸せは与えられたものじゃなく、自分の中からわき出してくるもの。

すっかり自由になって、揺れ動く心が感じた実感だ。

「もうちょっと勉強しよ」

ベッドから勢いよく跳ね起きて、再び机に向かった。

なにもするなと言われていたから、中学を卒業して以来、まったく勉強していなかった。

未希は、そのブランクを確かに感じている。

今のままでも合格できるだろうけど、できるなら上位の成績で合格したい。

秀治がそれを少しでも自慢に思ってくれたら嬉しいなと思う。

そのまま夢中で勉強して、ふと気づくと十二時すぎていた。

「喉かわいた」

持ってきたお茶はとっくに飲み干している。

就寝する前になにか飲もうと、膝の上で丸くなって眠っていたチャイをベッドにそうっと移動させてから、湯飲み代わりのマグカップを手に部屋を出た。

（……まだ飲んでる）

廊下に出ると、茶の間のほうから話し声が聞こえてきた。

お休みなさいと挨拶しようかと声のほうに近づいて行くと、縁側に座って庭を眺めながら酒を飲んでいる秀治と沢渡の姿が見え、ふと足が止まった。

光枝に回収されたのか島田の姿はない。

かなり酔っぱらっている様子で、こちらに背中を向けている秀治と、その肩に手を置いてなにやら顔を近づけて楽しそうに話している沢渡の横顔。

（なんだよ、あれ）

顔が近すぎないか？　とちょっとむっとくる。

妙な噂を立てられているとはいえ、あのふたりはただの友達だ。

女好きの沢渡があちこちの女優と浮き名を流して、しょっちゅう話題になっていることだって知っている。

むっとするようなことじゃないとわかっているのに、心が揺れる。

自由になった心が、振り子のように勝手に揺れて止まらない。

（こんな顔、秀治さんに見せられない）

きっと今の自分はすっごく嫌な顔をしているに違いない。

自由なのも善し悪しだなと、挨拶を諦めて立ち去ろうとしたとき、

「おまえ、あの子預かる気ないか？」

と、秀治の声が耳に飛び込んできた。

これからもこの家にいられると思っていた未希は、びっくりしてその場に立ちすくんだ。

「伊豆のアトリエのほうに？」

「いや、都心のマンションのほう。あそこならペット可だし、俺もしょっちゅう様子見にいけるしさ」

「別にいいけど。ただじゃ駄目だな」

「貧乏時代に手を貸してやった親友にたかるのか？」

「それはそれ、これはこれ。ってか、金じゃない。あの子を絵のモデルにしてもいいなら預かるよ」

「……モデルって、どんな？」

「未成年者を脱がせたりしないから安心しろ。もう一度、女装してもらうだけだ」

ちょっと倒錯的な感じでいいモチーフになると、沢渡がニヤニヤしながら言う。

（モデルって……）

聞いた途端、多恵子の家での嫌な思い出が蘇《よみがえ》って、ぞぞっと全身に鳥肌が立つ。

それだけは絶対に嫌だった。

「却下だ。この話はなかったことにしてくれ」

秀治は即座に断った。

（……よかった）

未希は、ホッと胸を撫で下ろす。

「いいじゃねぇか。減るもんじゃなし」

「プライドがすり減る。可哀想だから絶対に駄目だ。あの子は望んで女装をしてたわけじゃないんだからな」

「あ、そ。あの子の望みを思いやる優しさがあるんなら、よそに預けるなんて考えないほうがいいんじゃねぇの？　あの子、おまえに滅茶苦茶なついてるじゃねぇか」

それこそ可哀想だろ、という沢渡に、もっと言ってと未希は心の中で強く応援する。

「そう、なついてるんだよなぁ」

秀治がしみじみとため息をついた。

「俺の見立てじゃ、あの子、おまえに惚れてるね」

「そう見えるか？」

「ああ、だろ？」

「かな……。本人もそう言ってる」

「なんだよ、告白済みか。で、なんて返事したんだ？」

「……聞かなかったことにしてる」

「スルーかよ。ひどいことするなぁ。女の子の姿をしていたあの子には目尻を下げといて、男じゃ駄目だって？」

「そこは関係ない。……あの子は常識から逸脱した環境でずっと育ってきて、で、そこから自由にしてくれた俺に盲目的になついてくれてるんだ。感謝とか憧れを、恋愛とはき違えてるだけだ。高校に通うようになったら、普通に女の子に目を向けるようになるさ」

「って、おまえが決めつけてるだけだろ」

そのとおり！　と未希は拳《こぶし》を握りしめた。

「だって、十六歳だぞ。その年頃の恋愛なんて、はしかみたいなもんだろう。ぱっと熱が上がってぱっと冷める。一時の熱情にまともに向き合っても、後になってお互いに気まずくなるだけだ」

「それが嫌だから逃げてるって？　自分がいい顔したいだけなんじゃゃねぇの？」

狡い大人だなぁ、あの子が知ったら愛想尽かすんじゃない？　と沢渡が茶化すように言う。

（……愛想尽かしたりなんかしない）

ただ、本気で向き合ってもらえないことが悲しいだけだ。

「うるさいよ。……今のあの子にとって、頼れる大人は俺だけなんだぞ。あの子が独り立ちできるまでは、安心していられる場所をちゃんと確保してやらないと……」

「だったら、あの子が大人になったらまともに話を聞いてやるのか？」

「それは、まあ……聞くだけは聞く」

そこまで聞いて、未希はそっと足音を忍ばせて部屋に戻った。

(……頑張らなきゃ)

聞くだけは聞く、と秀治は言ってくれた。

自分が男でも、可能性はゼロじゃないらしい。

ほんのちょっとの希望でも、頑張ろうって気力が湧いてくる。

遠い未来に、目標となる小さな灯りが、またひとつぽっと灯《とも》った。


「――あの子が大人になる頃には、こっちはもう中年なんだよなぁ。その頃にはもうハゲてたりしてな。親父も若い頃から薄かったって話だし……」

一方、未希が去った後の茶の間では、秀治がため息をついていた。

「おまえ、お袋さん似だろ？　大丈夫なんじゃねぇの」

「だといいけどな。こんなはずじゃなかったって、なかったことにされたら、あまりに情けない」

さらさらした髪をかき上げる秀治を見て、沢渡は呆れた顔をした。

「そこまで考えてるぐらいなら、もうほとんどＯＫなんじゃねぇか……」

そういうことはもっと早く言えよと、沢渡はさっきまで末希が立っていた廊下の先の暗がりに目を向けた。

「あれこれ理由をつけて逃げてんじゃねぇよ。——なんでそう優柔不断なんだ」

秀治は応えず、ただ曖昧に微笑んで酒を口に運んだ。

「……焦《じ》らすだけ焦らして、最後に逃げられてもしらねぇぞ」

「ぱたぱたっと羽ばたかれて、手の届かない空に逃げられるか……。それはそれで悪くない」

「いや、悪いだろ」

「悪くないさ。あの子にとっては、そのほうがずっといいに決まってる」

末希が聞いたら、それは違うと反論しそうなことを呟きながら、秀治はいつものように苦く笑った。

4

母親とふたり暮らしの頃、毎日忙しく働く母親を少しでも助けたいと、未希《みき》は進んで家の手伝いをしていた。

母親は喜んでくれたけど、まだ小さかったせいもあって思うようには手伝えずに歯痒《はがゆ》い思いをしたことが何度もある。

そして今、光枝《みつえ》に教えを受けるようになってから、未希は随分と家事の腕を上げた。

ここ最近では、ひとりで朝ご飯の支度ぐらいならできるようにもなった。

これなら任せても大丈夫ねと光枝に太鼓判をもらい、島田《しまだ》夫妻の出勤時間も朝食時から秀治の朝の出勤時間に合わせたものになった。

みんなの役に立てるようになったのが凄《すご》く嬉《うれ》しい。

それ以上に、秀治《しゅうじ》とふたりきりの朝食の時間が楽しい。

自分がつくった朝食を食べる秀治を見ていると、密《ひそ》かに新婚さんごっこをしているような気分になるから……。

「――よし、完璧」

手の平できっちり均等なサイコロ状に切った豆腐を、そうっとお味噌汁の中に入れながら、ご機嫌な未希は軽く鼻歌を歌う。

茶の間の卓袱台《ちゃぶだい》の上にふたり分の朝食をしっかりと整え、一足先に朝食を済ましているチャイと一緒に眠っている秀治を起こしに行く。

秀治は案外朝に弱く、自力で起きてくるのが珍しいほどだ。

光枝が来ている間は、秀治を起こすのは彼女の役割だった。

でも今は、それも未希がやっている。

堂々と秀治の寝起きを襲撃できるのが楽しくて仕方なかった。

「おはようございます。秀治さん、朝ですよ～。起きてください」

襖《ふすま》の外側から声をかけると、中から言葉ではなく「う～」っという呻《うめ》き声が返ってきた。

「開けますよ～」

一応予告してから、すすっと襖を開けて覗《のぞ》くと、秀治は枕を抱えるようにして俯《うつぶ》せになっていた。

「秀治さん、起きてください」

もう一度声をかけてみたが、今度は返事も返ってこない。

だったらもういいなと、スパンと勢いよく襖を開けて部屋の中に入る。

「秀治さん！」

「ん。……わかった。いま起きるから……」

ゆさゆさと揺さぶったらやっと返事が返ってきたが、手を離した途端にすうっと寝息に変わる。

(今日はいつもよりひどい)

起こすのが、ちょっと可哀想《かわいそう》なぐらいだ。

昨夜は仕事を持ち帰っていたようだから、寝るのが遅かったのかもしれない。

とはいえ、そろそろ起きてくれないと会社に遅刻する。

心を鬼にした未希は、おもむろにチャイを抱き上げ、高い位置から秀治の上に落とした。

チャイは、猫らしく布団の上にぼすっとスマートに着地する。

「うえっ」

秀治は、不意に背中に落ちたチャイの重みに呻く。

「ひどいなぁ。……もうちょっと優しく起こしてよ」

さすがにこれで目が覚めたらしく、もそもそと起き上がる。

寝起きでも、秀治のさらさらの黒髪には寝癖《ねぐせ》ひとつ見えなかった。

(……いいなぁ)

未希は毎朝寝癖と格闘だ。

しかも髪を切ってからというもの、短くなった髪はちょっとの寝返りでもくちゃくちゃに絡み合うようになって、やっぱりブラシをかけるのに一苦労している。

「優しく起こしても起きないから実力行使に出たんですよ。——朝食の支度ができてますから、早く来てくださいね」

「わかった」

苦笑する秀治を残し、チャイを抱き上げて茶の間に戻る。

(優しく起こして、だって……)

だったらキスで起こしちゃおうか、と一瞬考えてしまった。

でもそれは、秀治の心臓にとっては優しくない起こし方だろう。

(キスで起こしたら、ホントに新婚さんみたいだ)

凄く寝ぼけているときにでも、どさくさに紛れて一度やっちゃおうか。

そんなことを考えて、ついつい口元がほころぶ。

抱っこしたままのチャイで予行演習をしたら、迷惑そうに肉球で額を押し戻された。


「いってらっしゃい」

寝起きのときとは別人のようにシャキッとクールなスーツ姿の秀治を玄関先で見送り、その後は光枝と一緒に家の掃除にいそしむ。

いつも午前中は掃除や買い物、午後からは勉強とたまにチャイの散歩、そして夕方ぐらいから夕食の手伝いというスケジュールだ。

　この日は、いつもより簡単に掃除を済ませた後で、今日は特売だと生き生きしている光枝と一緒に荷物持ち要員としてスーパーへ。

「やっぱり男の子は頼りになるわね」

　大量の買い物を両手に持って帰る途中、光枝が言った。

「そう言ってもらえると嬉しいです」

　多恵子《たえこ》からは運動をするなとずっと言われてきた。

　最近、バドミントンなどで少しずつ運動するようになってきたけど、たぶん同年代の男の子達に比べれば全然ひ弱なはずだ。

　男の子としての自分に軽いコンプレックスがあるから、こんな風に誉《ほ》められるのは素直に嬉しい。

「未希くんが高校に通うようになったら、こんな風に一緒に買い物することもできなくなるわね。ちょっと寂しいかな」

「高校に通うようになっても買い物はつき合えますよ。学校から帰った後だから、午後になっちゃうけど」

　その場合、光枝が大好きな特売には間に合わない。

「午後からでもいいけど……。でも、高校に通うようになったら、部活動とか友達とのつき合いで忙しくなって、きっと買い物どころじゃなくなるわよ」

「お世話になってるんだし、高校生になっても家の用事を優先します」

「あら、駄目よ。秀治さんに私が怒られるわ」

「秀治さんはなんて？」

「なるべく自由にさせてあげようって言ってるわ。高校生ぐらいの子供がいる社員の人に、お小遣いはどれぐらいあげてるかとか、今の高校生の門限はどれくらいだとか色々聞いてるみたいよ。なんだか父親にでもなった気分なのかしらね」

光枝が微笑《ほほえ》む。

「お父さんにしちゃ若すぎると思うけど……」

たぶん、保護者としての責任を感じてくれてるんだろう。

ありがたいけど、保護者意識があるうちは、絶対に恋愛対象としてみてはもらえないと少しばかり気分が沈む。

「……末希くん、実のお父さんのことってどう思ってる？」

シュンとした末希を見て、父親のことを考えていると勘違いしたのか、光枝が聞いてくる。

「どうも思ってません。赤ちゃんのときに別れたきり、一度も会わないうちに死んじゃったし……」

生前の母親に、自分の父親はどんな人なのかと聞いたことがある。

『お坊ちゃん育ちで、ちょっとだけ我儘《わがまま》だったかな。可愛いところもあって、悪い人じゃなかったけど……』

彼女はそう言って曖昧《あいまい》に言葉を濁した。

そのときは、父親の存在そのものより、自分の身体《からだ》に流れる血の半分を彼女がどう思っているのかが気になって聞いただけだったから、嫌ってはいないというニュアンスが伝わってきただけでホッと胸を撫《な》で下ろしたものだ。

(僕に気を使って言ったのかもな)

金の力で強引に自分を愛人にした男を本当に恨まずにいられたのか、実際のところはわからない。

それでも、自分の身体の中に流れる父親の血への嫌悪感を植えつけずにいてくれたことにはとても感謝している。

「憎んでない?」

「はい。好きでもないけど、そういうマイナスの感情も持ってないんです」

実を言えば、多恵子にでさえ憎しみは感じない。

いまだに一対一で会うことを想像すると怖いし苦手だけど、あの人さえいなければ……などといった暗い気持ちは抱《いだ》けない。

「母の影響かもしれないです。後悔や不安に捕まってたら時間の無駄だから、とりあえず今できることを頑張ろうっていつも笑ってたから……」

そんな風に思っていなければ、やっていけないぐらいに大変だったのかもしれない。

それでも彼女は、自分達親子が逃げなければならない原因であった多恵子のことでさえ、可哀想な人だと言うばかりで憎んではいないように見えた。

「素敵な人だったのね」

「ありがとうございます」

感心したように言う光枝に、未希はにっこりと微笑みかけた。


昼食の後、未希はチャイを連れて部屋に戻った。

忘れかけている公式をおさらいして、問題を解く。

以前は、まるでゲームのようで面白いとすぐに夢中になれていたが、今は無理。

すぐ側《そば》にもっと夢中になれる可愛い生き物がいて、遊ぼうよとちょっかいをかけてくるから気が散って仕方がない。

「チャイ、駄目だって言ってるだろ」

何度降ろしても机の上に乗ってくるチャイをそのたびに叱《しか》るが、まったく効き目がない。

「おまえも人間の言葉がわかればいいのに……」

そうしたら、事情を説明して遊べる時間になるまで待っていてもらうこともできる。

でも言葉がわからないチャイには、未希が遊んでくれるときと遊んでくれないときの違いがわからない。

だから、なんで叱られているのかもわからない。

「理不尽だって思ってるよな」

ぴっと額をつつくと、自分から近づいてきて手の平に頭を擦りつけてくる。

「はいはい」

未希はリクエストに応《こた》えて頭を撫でてやった。

「せめて昼寝してくれればいいのに……」

夢中で遊ばせた後などに電池切れになって寝ることもあるが、短期集中タイプみたいでほんのちょっと眠るとすぐに目を覚ます。

はっきり言って遊ぶ時間のほうが長いから、こっちが疲れるだけだ。

「……仕方ないか。一時間だけ光枝さんとこに行っといで」

未希が家事を手伝うようになってから時間にゆとりができるようになったと、この時間帯の光枝はたいてい茶の間で編み物にいそしんでいる。

少しだけ面倒を見ていてもらおうと、チャイを抱っこして茶の間に行った。

「光枝さん」

いつものように何気なく障子を開けた未希は、茶の間に思いがけない男の姿を見つけて凍りついた。

びっくりした拍子に腕が緩み、チャイが床に落ちて不満そうな鳴き声を漏らす。

光枝と話していたらしい男は、未希の姿を見てショックを受けたような顔をした。

「なんてひどい。……髪を切られたのか。しかもそのみすぼらしい服はなんなんだ」

今日の未希は、フードつきのパーカーとジーンズというカジュアルな服装だった。

島田夫妻からもらった服で、動きやすくてかなり気に入っている。

だが、お気に入りの服をけなされても、未希はむっとする余裕さえなかった。

立ち上がって近寄ってこようとする男から、後ずさって逃げることしかできない。

「なんで、ここに……」

嫌悪感と恐怖から声が震える。

それに気づいたのか、光枝が慌ててふたりの間に割って入った。

「お帰りください。何度も申し上げましたが、この子はこの家の主《あるじ》の保護下にあります。そちらにお返しするつもりはございません。——未希くん、ここはいいから部屋に戻って」

毅然《きぜん》とした声で光枝が告げる。

「は、はい」

震える声でうなずいて、その場から逃げようとしたが、光枝を押しのけて近寄ってきた男に手首をつかまれて止められた。

男の節くれ立った指が手首に食い込んで痛い。

立ち上がった男はひょろっと背が高く、病的に痩《や》せこけた顔の中で目だけがギラギラと異様な輝きを放っている。

久しぶりに間近で見たその姿に、未希は嫌悪感しか感じない。

「未希、俺と一緒に帰ろう」

未希は、ブルブルと首を横にふった。

「どうして？　もしかして彼らに脅されているのか？　大丈夫だよ。俺がついてるから」

（脅してたのはそっちじゃないか！）

心の中では言い返せるのに、声が出てこない。

つかまれた手首から小野塚《おのづか》家での嫌な記憶が次々に蘇《よみがえ》ってきて、恐怖で身体が強ばる。

「未希くんの手を離しなさい。警察を呼びますよ」

「警察を呼んで困るのはそっちだろう。俺はこの子の叔父《おじ》だ。この子を保護する義務がある」

光枝の言葉に、男が堂々とした態度で応える。

（違うッ！）

ブルブルとまた首を横に振る。

この男、城島等《じょうしまひとし》は多恵子の実の弟だった。

確かに今の未希は法律上では多恵子の保護下にあるが、養子縁組をしているわけではないから、戸籍上でも等は叔父ではない。

しかも、未希にとって等は、多恵子よりも会いたくないと思っていた人物だ。

「警察を呼ぶなと言いたいのか？　こんなやつらを庇《かば》うとは、未希は相変わらず優しいな」

いい子だ、と頭を撫でられた。

嫌悪感からぶるっと身体が震えたが、等はそれに気づかない。

自分に都合のいいことしか見えない男なのだ。

「とにかく、未希くんから離れてちょうだい」

光枝が、真っ青になった未希を取り戻そうとして、等の腕をつかんだ。

「だめっ！」

その途端、呪縛《じゅばく》が解けたように未希の声が出た。

自分に都合のいいことしか見えないこの男は、自分の気に障るものをいつも暴力で排除しようとしていた。

この男の怒りを買った小野塚家の使用人が、病院送りになるまで殴り続けられたのを見たこともある。

以前には何度か警察沙汰《けいさつざた》になるようなトラブルも起こしていて、世間体が悪いと財産を生前分与されて家から追い出されたと聞いている。

そんな弟が見捨てられなかったのか、多恵子は彼を自分の手元に引き取った。

そして彼は、芸術家気取りで日がな一日下手な絵を描いて過ごしていたのだ。

それも、未希をモデルにした絵ばかりを……。

「光枝さんは離れてて……。僕なら、大丈夫だから」

嫌悪感から身体の震えは収まらなかったが、光枝に危険が迫る事態だけは避けたかった。

光枝が殴られるなんて、そんなシーンは想像するのも嫌だ。

「でも……」

「いいからっ！　危ないから離れてて！」

等は、未希にだけは暴力をふるわない。

未希のこの姿形を好ましいと思っているせいと、もうひとつ。

以前の未希が決して口答えをしなかったせいだ。

この男の前では、なにを言われてもただうなずき、言葉を発しないようにしていた。

そうしていれば、勝手に自分の都合のいいように勘違いしてご機嫌でいてくれるから……。

（でも、もううなずけない）

どんな目に遭おうと、絶対にあそこには戻らない。

未希が帰る場所は、この家。

ここがいいと、自由になった心が決めている。

（とにかく、こいつを光枝さんから離さないと……）

危ないから離れてと言っても、未希を心配する光枝は離れようとしてくれない。

自分から行動しなくてはいけなかった。

「あの……。部屋に……僕の部屋に行きませんか？」

「ああ、伊豆高原の別荘に行きたいのか？」

「ち、違います。この家の中に部屋をもらってるんです」

こっちです、とつかまれたままの手首を引いて、自分の部屋に向かう。

その後ろを、いつものようにチャイがついてきていることに、緊張していた未希は気づいていなかった。


「なるほど、この部屋の雰囲気はいい。未希に似合っている。……この部屋にいる未希を描いてみたいな」

カメラを持ってくればよかった、と等が部屋の中を見回す。

未希は、気に入っていた部屋がその視線で汚されているような気がしたが、見るなとも言えず部屋の真ん中にただ立ちすくんでいた。

（……この人、大きい）

閉鎖された部屋の中にいるせいだろうか、自分より大きな男が目の前に立っているだけで妙な威圧感を覚える。

秀治のほうが等よりずっと背が高いけど、そんな風に感じたことはない。身に纏《まと》う雰囲気が優しいのもあるけど、いつも秀治は首を傾《かし》げたり屈《かが》み込んだりして、なるべく未希と近い目線で話そうとしてくれていたから……。

「で、どうしてこの家から逃げられなくなってるんだ？」

一通り眺め回して気が済んだのか、等が未希のベッドに腰を下ろした。

（嫌だな）

こいつを追い返したらベッドカバーを洗濯しなきゃと思う。

「逃げられないんじゃありません。僕が望んでここにいるんです」

「どうしてそんな馬鹿なことを言うんだ。未希の家はここじゃないだろう」

「小野塚家も僕の家じゃありません。――ぼ、僕はもうあそこには戻りません」

激高《げっこう》される覚悟でそう断言したのだが、意外にも等はうっすら微笑んだ。

「大丈夫だ。未希はもう、姉さんのところに戻る必要はないんだ」

「……どういうことですか？」

「いつ姉さんに売られるかって、ずっと未希が怯《おび》えてたのは気づいてた。だから、俺が君を買い取ってあげたんだよ」

「買い取ったって……」

「前々から、姉さんにはずっと君を売ってくれって頼んでたんだ。なかなかうなずいてくれなかったけど、今回のトラブルでさすがに懲りたらしい。身内ならトラブルも起きないしな。俺の全財産と引き換えに、やっと君を姉さんから買い取れた」

嬉しいだろう？　と当然のように聞かれて、未希は首を横に振った。

「どうしてだ？」

「全財産を無くして、これからどうやって生きていくつもりです？」

「俺は画家だ。もちろん未希を描いて暮らすさ」

（一枚も売れたことがないのに……）

等の絵は、雑多な色と乱雑な線が交差するだけの気持ちの悪い絵だ。

未希を描いていると本人は言っているが、人物の姿をキャンバスの上にすんなり認められたことは、今まで一度だってない。

等の心の崩壊具合が絵に表れているんじゃないかと見るたびに本能的な恐怖を覚え、この人には心の治療が必要なんじゃないかと常々思っていた。

「その前にウイッグを買ってあげよう。可哀想に、こんなに短くなって……」

立ち上がった等が歩み寄ってくる。

未希は思わず後ずさったが、すぐに壁に当たって止まった。

「未希は長い髪のほうがいい」

目の前に立った等が、威圧するように未希を見下ろしながら、頭を撫でてくる。

その見下ろす視線に、俺の命令を黙って聞け、逆らうなという強い意志を感じ取ってゾッとした。

（……こわい）

以前の未希は、いつも俯《うつむ》いて目を伏せていたから、等がこんな目で自分を見下ろしていることに気づいていなかった。

見てしまったことで、目の前に立つ、自分より大きな男に対する恐怖心が増していく。

（でも、頑張らないと……）

怯えて縮こまっていたら、きっと無理矢理連れていかれてしまう。

（なんとか抵抗しなきゃ）

力では敵《かな》わないからと、最初から気持ちで負けてたら駄目だ。

（僕は、ここにいるんだから）

優しい人達のいる、この家に……。

「服もこんな男物じゃなく、可愛いワンピースを着ような」

等の手が、お気に入りの服を汚いもののようにつまんで引っ張る。

ぞっとしたが、とりあえずじっと我慢した。

触られたとしても、服の上から少し触って手や足にキスしてくるだけ。

いつも、それ以上のことはしてこない。

(大丈夫、我慢できる。前はずっと我慢してたんだから……)

ここで下手に抵抗して激高されたりしたら、騒ぎを聞きつけるはずの光枝にも影響が及ぶ。

それを避けるために、なんとかご機嫌をとってひとりで帰ってもらわなければ。

「……この傷、どうしたんだ？」

未希の手にキスしようとした等が、指先の切り傷を見つけて不機嫌そうな顔をした。

「朝食の支度をしてるとき、うっかり自分で切ったんです」

「そんなことまでさせられてたのか？」

「違います。自分で望んでやってることです」

そう言って首を横に振ったのに、自分に都合のいい等の耳には届かなかったようだ。

「あいつら、許せないな……」とさらに機嫌を悪くする。

「未希の身体に傷をつけるなんて……。他には？　怪我《けが》してないか？」

等の手が、未希のパーカーのジッパーを引き下ろしていく。

「止《や》めてください！」

今までこんな風にされたことがなかった未希は、びっくりして思わずその手を払って叫んでいた。

「どうして？」

「け、怪我なんてしてませんから……」

開けられたパーカーの前を両手で合わせ、壁に背をつけたままずるずると横に逃げる。

「わからないぞ。自分じゃ見えない場所に傷があるかもしれないじゃないか」

等が追いかけてくる。

「俺が買ったんだから、未希はもう俺のものだ。傷がないかチェックしておかないとな。――つべこべ言ってないで、さっさと脱げよ！」

口調が徐々に乱暴になっていく。

まずい傾向だった。

乱暴な自分の口調に煽《あお》られるように、徐々に激高していくのがいつものパターンなのだ。

しかも、もっとまずいことがある。

(買われたってことは、今までみたいにはいかないってことなんだ)

今まで等は、売り物のお人形さんに手を出すなと多恵子にきつく言われていたから未希に手を出してこなかったのだ。

だが、もう多恵子というストッパーはいない。

等は、もう止まってくれない。

(失敗した)

自分の部屋じゃなく、他の人の目がある家の外に連れ出すべきだった。

手や足に触れられるだけならともかく、それ以上のことはどうしたって我慢できない。

我慢しようと思っても、きっと身体が勝手に抵抗してしまうだろう。

秀治以外の人の手に汚されるのは絶対に嫌だと、全身で拒絶してしまうに決まってる。

そうなってしまったら、光枝だって騒動に気づいてここに来てしまう。

その後のことは、想像もしたくない。

(僕ひとりじゃ、こいつから光枝さんを庇えない)

等は狂気に駆られるととんでもない力を出すのだ。

未希は、等を刺激しないよう少しずつ壁伝いにドアへと移動した。

「未希、どうして逃げるんだ?」

「ぼ、僕は……」

あなたのものにはなりません、と言おうとしたのに、怖さのあまり途中で言葉が止まってしまった。

「僕? 『私』だろ? 未希は女の子なんだから、そんな言葉を使うな」

「僕……男です」

「身体はな。でも、心は女の子なんだ。素直で従順な俺だけのお姫さまだ」

がしっと肩をつかまれ、怖くてもうそれ以上動けない。

「未希を助けてやるために、俺は全財産をなげうったんだぞ。もっと感謝しろよ」

頼んでないし、望んでもいない。

未希は、ただただ首を横に振る。

「どうしてうなずかないんだ！　ああっ⁉　なにが不満だっ‼」

声がどんどん大きくなっていく。

「ああ、そうか……。自分のために俺が全財産をうっちゃったのを申し訳ないと思ってるんだな？」

今度は、一転して猫撫で声になる。

（……違う）

刺激しないようにうなずくべきだと理性ではわかっているのに、どうしてもできなかった。

ここでうなずいたら、昔に戻ってしまうような気がして……。

（僕は、もう人形じゃない）

悪意に怯えて俯くばかりで、命令にうなずくことしかできなかった従順なお人形さんは、もうどこにもいないはずだ。

今の未希には、揺れ動く自分の心がちゃんとあって、自分で思い描く未来の夢もあって、側にいたいと願う大切な人もいる。

（僕は、心を持った人間だ）

未希は、ゆっくりと首を横に振った。

「未希……おまえ……」

みるみるうちに等の表情が険しくなっていく。

「おまえが俺に逆らうわけないんだ。俺の言うことを黙って聞くよな？」

そうだろう、と顔を覗き込まれた。

未希はなけなしの勇気を振り絞って、また首を横に振る。

「このっ！」

激高した等が、未希の襟元《えりもと》をつかんで引き寄せる。

殴られるのかと思って目をつぶったが、そうじゃなく、そのまま壁にガンッと打ちつけられた。

その瞬間、痛いとは感じなかった。

ただ、背中と頭に強烈な衝撃を感じて、ふっと意識が遠のいた。

だが、気を失ったのはほんの一瞬。

床に倒れた衝撃で、意識がまた戻ってくる。

同時に、痛みもやってきた。

（息……できない）

背中に強烈な痛みがあって、上手《うま》く息が吸えない。

はっはっ……と浅い呼吸を繰り返しながらうっすら目を開けると、目の前にチャイのピンク色の鼻が見えた。

倒れた未希を心配しているのか、それともただの好奇心からか。

チャイは、ふんふんと鼻をならして未希の顔にすり寄ってくる。

(ついてきてたんだ)

見知らぬ他人に警戒して、チャイはいつもより未希との距離を開けていたんだろう。

そして緊張しすぎていた未希は、文字通り自分の足元が見えていなかった。

「あ……ぶない……、あっち…け」

痛みを堪えてシッと手を動かしたが、言葉のわからないチャイには通じない。

それどころか、撫でてくれるの？　と自分から未希の手に頭を擦りつけてくる。

「なんだ、この猫は」

邪魔だ、退《ど》け！　という声と同時に、目の前からチャイの姿がふっと消えた。

等に蹴《け》り上げられたのだ。

チャイは壁にぶつかり、「ギャッ！」と今まで聞いたことのない嫌な声を吐き、床にぼたっと落ちた。

「チャイッ!!」

床に落ちたチャイはピクリとも動かない。

痛みを忘れて、未希は慌てて這《は》い寄った。

「チャイ、チャイ!?」

抱き上げて、ほおずりしてもやっぱり動かない。

(僕のせいだ)

秀治がこの手に預けてくれた、小さな温かい命。

ずっと大事に守っていこうと思っていたのに……。

ぶわっと、視界が滲《にじ》む。

それと同時に、堪えようのない怒りもこみ上げてきた。

「あんたなんか大ッ嫌いだっ!!」

チャイを抱きしめたまま、未希は滲む視界に等を捕らえ、睨《にら》みつけた。

「僕は、お姫さまでもお人形さんでもない。あんたの言いなりには絶対にならない!!」

「生意気言うな!」

未希の言葉に激高した等が、ずかずかと歩み寄ってくる。

(今度こそ殴られる)

未希は、チャイを庇うようにして抱きしめたままギュッと目を閉じた。

だが、覚悟した衝撃は訪れず、その代わりに部屋の中に複数の足音が響いた。

「――え？」

そして、未希がおそるおそる目を開けたときには、すべてが終わっていたのだった。

光枝は、等が未希を渡せと押しかけてきてすぐに秀治に連絡を入れていた。

そして未希が強引に等を自分の部屋に連れて行く様子を見て、これは危ないかもしれないと警察にも連絡を入れた。

秀治と警察はほぼ同時に到着して、ただならぬ物音と未希の大きな声に急いで助けに来てくれたのだ。

「秀治さん、どうしよう。チャイが……チャイが動かない」

もう大丈夫だと抱きしめてくれた秀治に、未希は安堵感《あんどかん》を覚える間もなく訴える。

「あいつに蹴られたんだ。このまま死んじゃうのかな。どうしよう。どうしたらいい？」

「大丈夫だ。落ち着け」

泣きながら訴える未希を、秀治が宥《なだ》める。

「島田さんに、チャイを動物病院に連れてってもらおう」

僕も行く、と未希は訴えたが、駄目だと言われた。

「さっき、もの凄い音が聞こえたぞ。未希くんも怪我をしてるんじゃないのか？」

「僕は大丈夫。ちょっと頭と背中を打っただけだから」

「頭？　それは全然大丈夫じゃないよ」

すぐに検査してもらわないと、と言って、秀治はひょいっとチャイを抱きしめたままの未希を床から抱き上げた。


未希と秀治は病院へ、島田はチャイと動物病院へ、そして光枝は事情説明のために警察へと慌ただしく移動した。

未希も、検査の合間に警察の人から色々と事情を聞かれた。

そして未希は、自分の生い立ちから母親の違法行為に関することまで、すべてを警察に打ち明けた。

秀治は未希達親子の名誉を守りたがっていたが、警察沙汰になってしまった以上、変に隠し事をすると秀治の名誉に傷がつく危険があると思ったからだ。

最初のうち、警察は常識から逸脱した未希の話に半信半疑のようだった。

だが、弟が逮捕されたことを知った多恵子が警察に乗り込み、秀治に関する誹謗《ひぼう》中傷をヒステリックに訴える姿を見るに至って、これは真実かもしれないと思ってくれたようだ。

ちゃんと調査して結果を出しますからと約束して帰って行った。

未希の検査の結果は、骨にも脳にも異常なし、頭にでっかいたんこぶと背中の打ち身だけで一安心ということだった。

頭の強打が気になるから、念のため一晩病院に泊まったほうがいいと言われたが、チャイが心配だった未希は断った。

治療中に一度だけ秀治が動物病院に電話をかけてくれて、とりあえずチャイの目が覚めて動き出したという報告を受けたが、その後の状況が気になって仕方ない。

一刻も早くチャイの無事な姿を見たくて、未希は秀治に急いで家に連れ帰ってもらった。

「ただいま。――島田さん、チャイは⁉」

玄関に島田の靴を見つけて、未希はバタバタと茶の間に向かった。

だが、求める小さな姿はそこにない。

「……チャイ……死んじゃった？」

だからここにいないんだろうか？

じわぁっと涙を滲ませると、島田がオロオロした。

「ああ、こらこら……。男の子が簡単に泣くもんじゃない。あの子狸《こだぬき》なら大丈夫。病院に一晩泊まってくるだけだ」

「医者はなんて？」

遅れて茶の間に入って来た秀治が落ち着いた様子で聞く。

「骨にも内臓にも異常なし。ショックで一時的に気を失っただけだろうって言っとりました。猫は身体が柔らかいから、当たり所さえよければ衝撃には比較的強いらしいですな。――念のため、子狸は一晩だけ病院で預かってくれるそうだ。安心したか？」

聞かれて、未希はうなずいた。

「僕と一緒だ」

「なんですって？」

お茶を運んできた光枝が、眉《まゆ》をひそめる。

「様子見で一晩入院したほうがいいって医者に言われたけど、チャイが心配だったから帰って来ちゃったんです」

「まあ……。本当に大丈夫なの？　眩暈《めまい》とかしない？」

冷却剤を押さえるために頭に巻いたネットの上から、光枝が腫れた部分に触れてくる。

「しません。ちょっ……光枝さん、痛いです」

「あら、大きなたんこぶ」

「医者の話だと、たんこぶは完全になおるまで二週間ぐらいかかるそうだよ」

「まあ……。こんなことになるんなら、ふたりきりにするんじゃなかったわ。なにか変な人だと最初から感じてたのよね」

光枝の話では、最初から等の様子は変だったのだそうだ。

だから、未希は留守だと嘘を言って追い返そうとしたのだが、等はかまわず強引に家に上がり込んできて居座ってしまった。

困った光枝は秀治に連絡をとり、秀治がくるまで時間稼ぎをするつもりでいたのだが、運悪くいつもは部屋から出てこない時間帯に未希が姿を現してしまって事件が起きた。

「怖かったでしょう？　ごめんなさいね」

光枝が涙を滲ませて謝ってくる。

未希もつられそうになったが、男の子は簡単に泣くなと島田に言われたばかりだったので、ギリギリのところで我慢した。

「僕なら大丈夫。光枝さんに怪我がなくてよかったです。……あの人、昔から気にくわないことがあると、女性でもかまわず暴力ふるってたから」

茶の間にふたりきりでいたというのなら、けっこう一触即発だったんじゃないだろうか。

未希が姿を現さなかったら、光枝が怪我をする事態に陥っていたかもしれない。

「あら、まあ……。私を庇おうとしてくれてたのね」

守ってくれてありがとう、と光枝が心を込めて言ってくれる。

（僕が……守った？）

そういうことになるのだろうか？

守ろうと強く意識したわけじゃなかった。

ただ光枝が殴られるシーンを見たくなかった。あの男を光枝から離さなきゃと思った。

未希はずっと、自分が守られることばかりを強く望んでいた。

だから、知らぬ間に自分が守る側に回っていたことが、すぐにはピンとこない。

でも、そう。

きっと、そうだったんだろう。

(……よかった)

面倒を見てやってるんだから、感謝しろ。

生かしておいてやってるんだから、命令を聞け。

多恵子から、ずっとそんな風に頭を押さえつけられている間に、未希自身にもいつのまにかそんな考え方が染みついてしまっていた。

見返りを期待してしまう自分が、ちょっと嫌だった。

だからこそ、なんの得にもならないのに救いの手を差し伸べてくれる秀治の優しさに憧れたのだ。

(僕にも、できた)

あの行動には打算はなかった。

こうすれば気に入ってもらえるとか、自分にとって都合がいいとか、そんな見返りを一切考えず自然に行動していた。

それが凄く嬉しい。

自分の頭に巻かれたネット包帯が、光枝の頭に巻かれるような事態になってなくてよかったと素直に思える。

そのことも、なんだか凄く嬉しい。

「……僕のほうこそお礼を言わなきゃ」

相手が少しおかしいと気づいていたのに、光枝は未希を守ろうとひとりきりで対峙《たいじ》してくれていた。

秀治と島田は、仕事中にもかかわらず急いで助けに駆けつけてくれた。

この家にいきなり飛び込んで来た、厄介者《やっかいもの》でしかない他人の自分にみんな優しくしてくれた。

今までは、安全地帯に逃げ込めたことにホッとして、守ってもらえることを喜ぶばかりだった。

当然のように優しく受け入れてもらえたことには、感謝していなかったような気がする。

「——助けてくれて、本当にどうもありがとうございます」

助けてもらったという事実じゃなく、助けようと思ってくれたその心に自然に頭が下がる。

未希は零《こぼ》れ出しそうになる涙を必死に堪えながら顔を上げ、にっこりと微笑んだ。

5

「寝る前に、ちゃんと薬を飲むんですよ」

「明日は朝一番で、動物病院に連れてってやるからな」

興奮が冷めやらぬ島田夫妻は、いつもより少し遅い時間に帰っていった。

玄関先でふたりを見送った未希は、秀治に促されるまま先に風呂をいただいた。

が、頭と背中が鼓動と共鳴するようにズキズキと痛んでいて、さすがに湯船につかって血行をよくする気にはなれない。

おそるおそる弱いシャワーだけで済ませて風呂場を出ると、「未希くん、こっちおいで」と茶の間から秀治の声がする。

「なんですか？」

未希が聞くと、秀治は病院の袋を手にとった。

「湿布。背中は自分じゃ貼れないだろう」

「ありがとうございます」

未希は迷わず、パジャマの前ボタンに手をかける。

等のときは、服を脱がされるのがあんなに嫌だったのに、秀治の前だと全然平気だ。

そんな自分がおかしいやら愛しいやらで、未希はひとりでクスクス笑った。

「なにかおかしかった？」

「秀治さんには内緒です」

話したら、きっと困った顔をするだろうから……。

未希は秀治に背中を向けて畳の上に座ると、パジャマの襟を下ろして背中を出した。

「うわぁ、これは痛そうだ」

ひとめ見て、秀治が呻く。

「全体的に赤いけど、ちょうど肩胛骨《けんこうこつ》のところが特に膿《う》んだように腫《は》れあがってる。血が滲んできそうな色だな。……さっきそんなに痛くないとか言ってたけど、あれ嘘だろう？」

傷に響かないよう、秀治がそうっと湿布を貼ってくれる。

ひんやりして、気持ちよかった。

「嘘じゃないですよ。我慢できるぐらいだし……。それに、痛いって言うと余計に痛くなるような気がするんです」

「未希くんは我慢強いな」

湿布を貼り終わった秀治が、偉いぞ、と未希の頭を撫でる。

「――っ」

その手がちょうどたんこぶに当たり、猛烈な痛みがじんっと全身に広がっていく。

(う、嬉しいのに、痛いっ！)

秀治から誉めてもらえたというのに、素直に喜べないこの痛みが憎い。

未希は、両手の拳《こぶし》を畳に押しつけ、ぐぐっと痛みに堪えた。

「ご、ごめん、つい……。大丈夫？」

我慢強いと言ってもらえたばかりなのに、泣き言を言うわけにはいかない。

心配そうに顔を覗きこんでくる秀治に、痛みに堪えながら無言のままでうなずく。

「……なにもそこまで我慢しなくてもいいから」

涙を滲ませていた未希を見て、秀治は苦笑した。

「たんこぶも冷やしたほうがいいんじゃないか？」

「冷却パックが触れてるだけでもけっこう痛いんで夜の間は止めときます。眠れなくなりそうだし……」

「未希くん、寝るときの身体の向きは？」

「基本、仰向《あおむ》けです」

「眠れそう？」

「難しいかも……。横向きじゃなかなか眠れないし、それに運良く寝たとしても、僕、寝返りが多いから……」

寝返りを打つたびに、何度も目を覚ます羽目になるんだろう。

「立って寝るわけにはいかないしな。――仕方ない。今晩は俺のところで寝るか？」

「秀治さんのところで？」

夜のお誘い？　と一瞬ドキッとしたが、そんなわけがない。

「どうしてです？」

「覚えてないのか。未希くんがはじめてこの家に泊まった夜に一緒に寝ただろう？　あのときみたいにして寝たら、きっと大丈夫だよ」

「ああ、あれ……」

朝に目が覚めたとき、未希は秀治の腕に抱きかかえられるようにして寝ていた。

確かにあの体勢なら、頭も背中も布団には触れないが……。

「無理です。逆に眠れません」

大好きな人の腕の中にいられるのがあまりにも嬉しくて、きっと目が冴《さ》えてしまうに違いない。

「そう？　いいアイデアだと思ったのに」

しかも肝心のこの人は、未希の気持ちを完全スルーしたまま。

意識さえしてもらえないってのは、やっぱり寂しい。

「それに、また秀治さんに夜這いしようとするかもしれませんよ。いいんですか？」

パジャマをちゃんと着なおしながら、ちょっと意地悪な気分になって聞いてみる。

秀治は、それはあんまりよくないかな……と曖昧に微笑んだ。

「未希くんの戸籍の件とか、諸々の解決の糸口が見つかった今になっても、まだそういうことをしたいと思ってる？」

ストレートに聞かれて、未希は言葉に詰まった。

（……したいけど……）

でも、今の未希が告白しても、この人は困るだけだ。

しかも、信頼や依存心を恋愛と勘違いしてるだけだなんて説教されたりしたら、違うのに……と我慢できずに泣いてしまいそうだ。

（今は我慢したほうがいいんだろうな）

未希が大人になったら、秀治もちゃんと向き合って話を聞いてくれるつもりでいる。

だから、その日がくるまでは我慢したほうがいいんだろう。

好き好きと猛攻を繰り返したところで、きっと困らせたり引かれたりするだけだ。

そう判断した未希は、しぶしぶながらも首を横に振った。

「あの夜のことは……なかったことにしてください」

「それでいいの？」

「はい」

未希はうなずく。

（やっぱり、打算もあったし……）

あのときの未希にとって、あれは正しい行為だった。

でも純粋な恋心の陰に、秀治が言うような依存心や打算がひそんでいたのも事実。

秀治と関係を持ってもっと親密になれれば、間違いなくこの優しい人は自分を見捨てない。

なにがあろうと最後まで見捨てずに絶対に助けてもらえると思っていたから……。

未成年者と関係を持てば、秀治が罪に問われるかもしれない。

その可能性を知ってても、だからどうとも思わなかった。

あのときは、まず自分が救われることが一番だったのだ。

自分が少しでも幸せになれる道を探すことだけに夢中な、自分勝手で一方的な恋心。

そんなのは相手にとって迷惑なだけだ。

（等さんみたいに……）

もっとも、あれは恋というよりも歪《ゆが》んだ執着だろうけど……。

だからこそ、秀治にはあの夜のことを忘れてもらいたかった。

秀治に認めてもらえるぐらいに大人になったら、そのときに最初からやり直したい。

（……それまで、秀治さんがひとりでいてくれればいいけど）

未希から見た秀治は、とても魅力的な人だから、その可能性はかなり低いような気がする。

どうしたって縮まらない年の差が悔しい。

「そうか。よかった」

秀治は髪をかき上げ、あからさまにホッとした顔をした。

さすがに、少しむかつく。

「正直言って、これ以上迫られたら拒み続けられる自信がなかったからさ」

「はい？」

いきなり、なにを言い出すのか。

未希は、思いっきり首を傾げた。

「夜這いされたときも、未希くんが寝オチしなかったらけっこう危なかったし」

「……なんで今ごろ、そんなこと言うんですか」

秀治に認めてもらえる大人になるまで待つと決意したばかりだというのに……。

「そりゃ、未希くんが自分の勘違いに気づいてくれたからだよ」

（……勘違いじゃないんですけど）

と言いたいところだが、それを言ったら、秀治はまた常識を振りかざして、未希を撃退しにかかるかもしれない。

未希は、とりあえず様子見に徹し、そらっ惚《とぼ》けることにした。

「秀治さんにその気があったんなら、手を出してくれても構わなかったのに」

「それは駄目だよ。あの段階で未希くんに手を出していたら、きっと僕の母の二の舞になってただろうからね」

「秀治さんのお母さんって、確か借金のカタで無理矢理お嫁さんにされ…………っ！」

未希はぱっと両手で口を押さえた。

「なに？　それも光枝さんとの内緒話？」

慌てる未希を見て、秀治が苦笑する。

「……です。ごめんなさい」

「気にしなくていいよ。秘密にしてたわけじゃないし。――内緒話ができるのは仲良くなった証拠みたいなもんだ。むしろ家に馴染《なじ》んでくれて嬉しいよ」

「そう思ってもらえるとありがたいです」

「うん。――ちなみに、俺の母は借金のカタで無理矢理お嫁さんにされてはいないから」

「そうなんですか？」

「母方の祖母の話では、父は孫子ほどに年の離れていた母に、自分との結婚に応じてくれるんなら、結納金代わりに借金をチャラにすると言ったらしい」

「同じことじゃないですか」

「全然違う。結婚は強要されてない。彼女は父親の借金ゆえの肩身の狭い貧乏暮らしより、豊かな暮らしを約束してくれる愛してもいない金持ちの男との結婚を選んだんだ。――それなのに、何十歳も年上の男に嫁いだ自分が可哀想だって、不幸に酔って毎日のように泣き暮らしてたよ」

無理矢理お嫁さんにされたという噂を流したのは、噂の主である秀治の母親その人だったらしい。

（幸も不幸も人任せ……）

確かに、お人形さんだった頃の自分に少し似ているかもしれない。

「子供の頃はそんな母が可哀想だった。いつか俺がここから連れ出してあげると約束したりしてね。で、実際に連れ出そうとしたら、どうしてそんなことを言ってお母さんを困らせるのと泣かれた」

「泣いちゃったんですか？」

「そう。おまえに財産を継がせるために、お母さんは我慢してこの家に居続けているのに……って……。いつのまにか、子供である俺も、贅沢な不幸に彼女が留まり続ける理由のひとつにされていたようでね」

「うわぁ」

うっかりそう言うと、「本当に『うわぁ』だったよ」と秀治は苦笑した。

「そういうことだったのかと納得もしたな。先入観なしに見ると、俺の両親は割れ鍋に綴《と》じ蓋《ぶた》のそれなりに仲のいい夫婦だった」

「……僕は、そのお母さんに似てました？」

「似ているように見えた」

秀治はうなずいた。

「強い者に依存して一生平穏に生きていけるなら、それはそれで幸せな生き方なのかもしれないけど……」

「秀治さんはそうは思えない？」

「ああ。それに未希くんの場合、多恵子さんの影響下にあったときでも、本来の前向きで明るい性格は時々顔を出していた。依存して生きるには不向きな性格だよ」

「僕、前向きですか？」

「前向きというより、積極的かな。――いきなり、お嫁さんにしてくださいとか素《す》っ頓狂《とんきょう》なことを言っちゃうし」

そのときのことを思い出したのか、秀治はぷっと噴き出した。

「俺はどっちかというと考えすぎて動けなくなるほうだから、今の未希くんみたいな性格は好きだな」

好きだと言ってもらえたことが嬉しくて、未希はにっこりする。

「僕は秀治さんみたいな人に憧れます」

「そう？　……未希くんは、俺のことどんな人だと思ってる？」

「思慮深くて、優しいです」

「考えすぎで優柔不断だって、沢渡《さわたり》あたりは言うんだけどね」

秀治が苦笑する。

「未希くんのことも、色々と考えすぎたせいで手を出さずに済んで、結果的にはよかったか……。──少し、残念だけど」

含みのある言葉に、どくんと鼓動が跳ね上がる。

「また、そういうことを……。そんな風に言ったら、まるで秀治さんが僕のことを好きみたいに聞こえますよ」

「ああ、ごめんごめん。つい気が抜けて……。でも、そう。実際そうだったんだろうな。あの別荘地で出会って以来、俺は君に夢中だったようだ。──沢渡に言わせると、どうやら一《ひと》目惚《めぼ》れみたいだし」

(うわぁ、秀治さんってば、いきなりどうしちゃったんだろう)

前はあんなに否定していたのに、急に認めるだなんて……。

それに、どうしてそんな人事みたいな言い方をするのか。

凄く嬉しいけど、罠《わな》が待ちかまえていそうで素直に喜べない。

「そんな顔しなくて大丈夫。無体なことを要求したりしないから」

困惑している未希を見て、秀治がふざけた口調で言った。

(……してくれてもいいですよ)

という言葉を、未希はまた一時的に飲み込む。

(慎重にならないと……)

もしかしてこれは、千載一遇のチャンスなのかもしれない。

どうした訳かわからないが、ずっと頑《かたく》なだった秀治の心が開きつつあるようだ。

またピシャッと門前払いをくらわないよう慎重になって、なんとか秀治の本当の気持ちを聞き出してしまいたい。

緊張した未希は、ゴクンとつばを飲み込み、唇を開いた。

「女の子の僕に、一目惚れしちゃったんですか？」

「そうだね。君はお人形さんみたいに可愛かったし、それに短い時間だったけど、一緒にいられてとても楽しかった」

「僕が本当の女の子だったら……お嫁さんにしてくれました？」

「……たぶん。あの猛烈な夜這いには抵抗できなかっただろうし」

秀治は、急に苦い顔になる。

「でも、絶対に後悔したな」

「どうして？」

「恋した相手の弱みにつけ込んで手に入れるだなんて、父と同じだ」

(ああ、そういうこと……)

未希は、なんだか急に腑《ふ》に落ちた。

(秀治さんは、両親に拘《こだわ》りがあるんだ)

言い方はちょっと違うかもしれないけど、未希が自分でも気づかずに母親の考え方の影響を受けていたように、秀治は両親の生き方に影響を受けている。

彼らを反面教師として意識することで、自分はそうならないように自分自身を律してきたんだろう。

未希の想いを認めようとしなかったのは、未希の熱意に自分が押し切られるのを恐れてのことだったんじゃないか？

そして今、未希の疑似恋愛が終わったと思い込んでいる秀治は、もう自分の気持ちを抑え込む必要はなくなったのだ。

(だから、『気が抜けて』るのかも……)

そうだったらいい。

もしそうなら、問題はもうひとつだけ……。

「じゃあ出会ったのが、今の僕だったら？」

ドキドキしてきた未希は、はやる気持ちを抑え、微《かす》かに頬を紅潮させながら聞いた。

「ん？」

「あの公園で会ったのが、今の僕だったら一目惚れしてました？」

やっぱり、お人形さんのように可愛い女の子でないと駄目だろうか？

未希が不安な気持ちで見守る中、秀治はゆっくりうなずいた。

「したかもな。——さすがに相手が男の子じゃ、恋だと気づくのには時間がかかっただろうけど……。今の未希くんはその可愛い姿形より性格のほうがいい。今日の啖呵《たんか》なんか、聞いててすっきりした」

「啖呵？」

「僕は、お姫さまでもお人形さんでもない、ってやつ。チャイを抱きしめて庇ってたのにも、ぐっと来たし……」

「庇えてないです。……目の前にいたのに蹴られちゃったし……。それに、オロオロするばかりで動物病院に連れてくことすら思いつかなかった」

「でも次にあんなことがあったら、すぐに動けるだろう？」

「ってか、もう絶対に蹴らせたりしませんっ！」

思い出したら、またむらっと怒りがこみ上げてきた。

勢い込む未希を見て、秀治が優しく微笑む。

「頼もしいなぁ……。うん、これは間違いなく惚れるよ」

「じゃあ、なにも問題ないですね」

嬉しくて、未希はにっこり。

「問題って？」

「僕、秀治さんが好きです」

何度か口にした言葉を、もう一度告げる。

「………………え？」

秀治は怪訝《けげん》そうに眉をひそめた。

「だってさっき、忘れてくれって……」

「あれは、今は忘れてくれって意味です。――沢渡さんが来た日の夜、僕、偶然おふたりの会話聞いちゃったんです。子供の僕の想いは聞けないけど、大人になったら話だけは真面目《まじめ》に聞いてくれるって……。だから、その日が来るまでは、秀治さんへの想いを告白するのは我慢しようと思ってただけなんです」

「大人になったようには見えないけど？」

「当然です。一足飛びで大人になったりしません。――でもさっき、秀治さん言いましたよね？　今の僕にも惚れるって」

「………………言った」

「じゃあ、今の僕を好きになってくれませんか？　……それが駄目なら、せめて僕の気持ちが本物だってことぐらいは信じてください」

お願いです、と未希は、堪えきれずに秀治に向かってにじり寄って行く。

「待て、駄目だ。保護者である俺が、この手のことで君とどうこうなるわけにいかない」

秀治は、両の手の平を未希に向けて宥めようとする。

「他に保護者が必要ですか？　だったら僕、島田夫妻に頼み込んで養子にしてもらいます。それなら文句ないですよね？」

「ある。ただでさえ光枝さんにべったりなのに、親子になられたら太刀打ちできなくなる」

「……あれ？　もしかして、それって嫉妬ですか？」

「え、あ……いや……その……」

「嫉妬なんじゃないんですか？」

「……そう……だ。でも、これは……」

秀治は、困ったように口ごもる。

（ここまで期待させておいて、誤魔化すなんて……）

期待したり、やっぱり駄目なのかなとがっかりしたり……。

さっきから気持ちの振り子がめまぐるしくあっちにこっちに大きく揺れるせいか、なんだか眩暈みたいな感覚がして苦しい。

（僕に、自由な心をくれたのは秀治さんなのに）

その自由な心が感じたことを信じてもくれないなんて悲しすぎる。

嬉しいことと、悲しいこと。

振り子のように揺れる心が、悲しいほうでずっと止まってしまったらどうしよう。

秀治と出会ったことを後悔するようになったりはしないだろうか？

(それは嫌だ)

未希は、急に悲しくなった。

誤魔化さないで、ちゃんと自分を見て欲しかった。

受け入れてくれるのは無理でも、せめてこの恋する気持ちだけは信じて欲しい。

「……これは？　なんなんですか？」

(男の子は泣いちゃいけないいんだっけ)

勝手に滲みそうになる涙を、何度もまばたきしながら散らした。

「恋から来る嫉妬じゃないのなら、被保護者への独占欲ですか？　それとも友情？　お願いですから、はっきり答えてください。……僕、本気です。真剣なんです」

涙を堪えながらじっと秀治を見上げると、秀治は諦《あきら》めたように深く息を吐いた。

「……認めるよ。嫉妬だ。俺は君に恋をしてる」

(……わぁ)

やったぁと、未希がぱあっと顔を輝かせた直後、

「――でも駄目だ」

秀治が、そんな未希の顔を見て苦い顔をした。

「……どうして？」

未希はまたしょんぼりと意気消沈。

「さっきも言っただろう。俺は親父の二の舞になりたくないんだ」

「それなら大丈夫です。同じにはなりません！」

未希は、強くうなずいた。

「今の僕は、もう秀治さんに依存したいとは思ってません。本気で恋をしてるんです。恋人になりたいんです」

「いや、でもなぁ……」

「信じて……くれないんですか？」

「信じるよ。信じるけど……」

この期に及んでも、秀治は煮え切らない態度を崩さない。

（ホントに優柔不断だ）

ちょっとだけ、イラッとくる。

でも秀治が優柔不断なのは、表面上だけじゃなく深いところまで考えているせいで、慎重なのだと言い換えることもできた。

（秀治さんは、神さまじゃないし……）

素敵な人だと思うけど、完璧だとは思わない。

人間なんだから長所もあれば欠点もあるって、ちゃんとわかってるつもりだ。

この先、まだ知らなかった秀治の一面に出会って驚くこともあるかもしれないけど、それも全部ひっくるめて好きになれる自信が未希にはある。

(負けるもんか)

もう一押し、と未希はじりっと進み出る。

「まだ、なにか問題がありますか？」

「……未希くんは、まだ十六歳だろう」

「僕の気持ちが、はしかだと思ってるんですか？」

沢渡と飲んでいた夜、その年頃の恋愛なんて、はしかみたいなものだと秀治は言っていた。

一気に熱が上がってまた一気に冷めるような、一時の熱情にまともに向き合うつもりはないと……。

「それも聞いてたのか」

気まずそうな秀治に、ごめんなさいと未希は謝った。

「でも、はしかなんかじゃありません。この先、高校に行くようになって世界が広がっても、僕にとっては秀治さんが一番です」

「言うのは簡単だな」

「秀治さんは、僕が……心変わりするかもって思ってるんですか？」

「俺よりずっと魅力的な人間なんて、この世にはいくらでもいるんだよ。——世界が広がれば、きっとそれを実感するようになる」

最初から諦めているようなことを言う秀治が悲しい。

未希は、ぎゅううっと胸が痛くなった。

「……そんなの、お互い様じゃないですか。秀治さんだって、この先僕よりずっと可愛いと思える人に会うかもしれないじゃないですか。……僕だって不安なんです。でも不安より、秀治さんを好きだっていう気持ちのほうが強いから毎日頑張ってるんです。少しでも秀治さんに必要だと思ってもらえるようになりたいし、好きになってもらえるような自分になりたいから……」

それに関しては、子供だとか大人だとかは関係ないと未希は思う。

普通に生きていても、人との出会いはきっとこの先数限りなくある。

沢山《たくさん》の人との出会いを重ねたとしても、実際に側に残るのは一握り。

秀治にとってのその一握りの中に残りたかったから、未希は毎日自分なりに努力してきたつもりだった。

「秀治さんは、僕のために頑張ってくれるつもりはないんですか？　最初から諦めちゃうんですか？」

好きだと言ってくれたのに、こっちの好きは受け入れてくれないなんて狡《ずる》い。

未希はもう愛《め》でられるためだけに存在する、心のないお人形さんじゃない。人間なんだから、自分の心が望むままに好きな人を自分から抱きしめたい。

また滲んできた涙をまばたきで散らしながら、未希はまっすぐ秀治を見つめた。

「――ここで逃げたら、卑怯者になりそうだな」

その目に、秀治は深く息を吐いた。

「でも未希くんに手を出したら犯罪者だ。――さて、どっちがマシかな？」

「どっちも駄目です。秀治さんは、犯罪者になんかなりませんよ」

「どうして？」

「僕が共犯者だから……。僕が大人になるまで、ふたりだけの内緒にすればいいんです。

――内緒の共有は、親密度の表れなんだから」

でしょう？　と、少しでも秀治の背中を押せればと、頑張ってにっこり笑う。

「……未希くんには負けたよ」

秀治は、また深く息を吐く。

そして、苦笑を浮かべた唇が、軽く未希の唇に触れた。

「嬉しい」

未希はぎゅうっと秀治の首にしがみついて、自分から唇を押し当てていった。

そして――。

「……っ!!」

秀治の背中に指を食い込ませ、未希は苦痛に堪えた。

「ごめん、……大丈夫か？」

キスの最中、秀治の手が頭のたんこぶに思いっきり触れてしまったのだ。

「だい…じょうぶです。平気」

だから続き、と涙を滲ませたままでキスしようとすると、秀治にふっと逃げられた。

「今日はここまでにしとこう。続きは怪我がなおってから」

「嫌です」

ここで逃がしたら、秀治のことだから今晩中にあれこれ考えて、明日の朝にはまた考えをあらためているかもしれない。

そうなってしまっては、次のハードルはきっと今回のものより高くなる。

それは、本当に困る。

「僕、ずっと秀治さんに夜這いしたい気持ちを我慢してたんですよ。もうこれ以上我慢するのは嫌です」

「嫌ですって言ったって、横になれもしない身体でどうするつもりだ」

「僕が上に乗れば問題ないです」

そう言った途端、秀治の眉間《みけん》にきゅううっと皺《しわ》が寄る。

「前々からちょっと気になってたんだが、未希くんは性的な知識はどれぐらいあるんだ？」

「どれぐらいって？」

「男友達がいなかったんなら、そういう話をする相手もいなかったってことだろう？　まさか、多恵子さんに変な知識を吹き込まれてるんじゃ……」

「それはないです」

未希は慌てて首を横に振る。

「その手の話は女友達とけっこうしてたんで、知識だけは豊富なんです」

「女友達って、中学の？」

「はい。経験者の友達の話を、みんなで興味津々で聞いてました」

「経験者？」

今時の中学生は……と、秀治がなにやら愕然《がくぜん》としている。

「秀治さんが中学生の頃は、そういう話はなかったですか？」

「……あった。けど、それは男同士の場合だから」

「男も女も関係ないと思いますけど。同級生でつき合ってる場合もあるんだし」

「それもそうか……。じゃあ、自慰の知識は？」

「え？」

「自分でしたこと……あるよな？」

「それは……あります」

「どうやって覚えた？」

「……えっと……」

真顔の秀治に聞かれて、未希は口ごもった。

（は、恥ずかしい）

真剣に心配してくれるのは嬉しいけど、こういうことは真顔で話すのはどうしたって照れくさい。

からかうような口調で聞かれたほうがまだマシだ。

「最初に夢精したときは、なにが起こったのか自分でもわからなくて……」

病気かと焦った、と恥ずかしさから小さな声で言うと、可哀想にと秀治に同情されてしまった。

はっきり言って、この同情は嬉しくない。

「その後、女の子達との会話で、男の子の身体の仕組みなんかも色々わかってきて……」

「女の子達に教わったのか？」

「はい。みんな、けっこう詳しいんです」

形がどうとか膨張率がこうとか色々教わって、自分の身体が変なわけじゃないと確信してホッとした。

　そんな話をすると、秀治は酸っぱいものを食べたような顔になった。

「女の子同士でそこまで話すのか……」

「話してました。……秀治さんは友達とそういう話はしなかったんですか？」

「……した……ような気もするなぁ。女の子の身体のつくりのあれこれを……。そういう好奇心は、男も女も関係ないのか」

「と思います。女の子の読む雑誌とかに、普通に男の性の情報とかも載ってましたし……。自慰の仕方とかもそれで覚えたんです」

「そうか……」

「あ、でも……その、してみたのは一度だけですけど……」

「どうして？」

「その……怖くなっちゃって……」

　自慰の知識を得て、やっぱり好奇心が湧《わ》いた。

　好奇心にそそのかされるまま自分で自分に手を伸ばしてやってみた。

「気持ちよくなれなかった？」

「いえ、そうじゃなくて……」

　いずれ自分は、こういうことをされるために誰かに売られるのだと思い出して、気持ちいいと感じたことが怖くなったのだ。

生きた人形として売られるのは仕方ないと諦めていた。

そんな風に、心はすっかり自分の意志を持つことを諦め絶望していたのに、身体だけが喜びを覚えるようになってしまったら自分はどうなるのか。

身体の感覚だけに支配されて、本当の意味での生きた人形になってしまうんじゃないかと……。

だから、その後は自分で自分に触れることをしなくなった。

そのせいか、朝起きて下着が汚れていることがたまにあってバツの悪い思いをしたが、それでも自分でするよりはマシだと思っていた。

(やっぱり、こういうことを話すのってなんとなく気まずい)

困った未希は、俯いてポツポツと話した。

話し終えて、おそるおそる顔を上げると、痛ましそうな顔をした秀治と目があった。

「だったら、本当はセックスも怖いんじゃないの？」

未希は、慌ててブンブンと首を横に振る。

「相手が秀治さんなら平気です」

多恵子にこの男におまえを売ると言われて見せられた写真に秀治を見つけたとき、この人なら……と思った。

この優しい人が相手なら、どんなことをされても平気。

この人なら怖くないと……。

でも、今は違う。

「だって、僕が秀治さんとしたいんだから……」

お人形さんのようにじっとしたままで抱かれるんじゃなく、自分から手を伸ばして抱きしめたいと思う。

もっといっぱいキスしたいし、憧れのさらさらの髪にも触れてみたい。

もっと深く、秀治のことを知りたい。

「怖かったのは、望んでもいない人に抱かれて喜んでしまうかもしれない自分です。――お願いですから、今、僕を抱いてください」

こんな話をしてしまった以上、この機会を逃すわけにはいかなかった。

でないと、この優しい人は、またあれこれと余計なことを考えて、未希を気遣うあまりに手を出せなくなってしまうかもしれないから……。

「……そこまで熱烈に迫られたら、やっぱり負けるな」

秀治は髪をかき上げ苦笑した。

「じゃあ、抱いてくれるんですか？」

未希がぱっと顔を輝かせると、ちょっと気まずそうな顔になる。

「どんな理由があれ、未成年者に手を出すのはまずいって俺の理性は言ってるんだけどね。未希くんが関わると、どうしても誘惑に勝てないみたいだな。——最初の夜這いのときもそうだったし、チャイもそうだ」

「チャイ？」

どういう意味かわからず、未希は首を傾げた。

「ああ。兄弟みたいにして育った猫を亡くしてから、もう二度と猫を飼うのは止めようと決めてたんだよ。チャイをもらってきた日に、光枝さんもそう言ってただろ？」

「そういえば……」

「なのに、会社で子猫達の写真を見せられた途端、君の喜ぶ顔が浮かんでね。長年の誓いもどこへやら、我慢できずに子猫をもらう約束をしてしまっていた。——よくよく俺は、君に夢中らしい」

理性で衝動を抑えきれないなんてはじめての体験なんだよ、と秀治が穏やかに微笑む。

（……優しい顔）

苦さのない、優しいだけの微笑みが嬉しくて、未希もにっこり微笑む。

おいで、と秀治に手をとられ、そのまま一緒に秀治の寝室へ。

そして秀治の手が、パジャマのボタンを外していく。

「僕、自分で脱げます」

手間をかけさせるのは悪いような気がして自分で外そうとしたが、秀治の手に止められた。

「いいから、じっとしてて……。脱がせるのも楽しいんだから」

「そういうものですか？」

「ああ」

「じゃあ、僕も秀治さんを脱がせてみたいです」

未希がそう言うと、「そのうちな」と秀治が苦笑する。

立ったままでするっとパジャマの上を脱がされ、下は下着と一緒に一気に下ろされた。

秀治に促されるままに足を動かし、全部服を脱ぎ捨てたものの、やっぱり自分ばかりが裸というシチュエーションはかなり恥ずかしい。

思わずぱっと両手で前を隠すと、「駄目だよ」と秀治に手首をつかまれて身体の脇に移動させられそうになる。

「でも……あの、恥ずかしいです」

「隠してたら、この先が続かないけど、それでいい？」

それは困る。

未希はしぶしぶ、自分から手を離した。

それでも恥ずかしそうにもじもじする未希を見て、秀治は未希の頬《ほお》を両手で包み屈み込んで軽く唇にキスしてくれる。

「大丈夫、恥ずかしいことなんてない。未希くんの身体はとても綺麗《きれい》だ」

頬を包んでいた手の平が、首筋から肩、そして腕へと滑り落ちていく。

それと同時に、秀治の視線も下がっていくのがわかって、未希はやっぱり恥ずかしくてたまらない。

「……髪と同じで、下も淡い色だ。——しかも、柔らかいな」

そうっと、ソフトに触られて、くすぐったさと恥ずかしさで、未希は軽く腰を引いた。

見られていると意識しているせいか、ちょっとの刺激でも熱が溜《た》まっていくのを感じる。

「秀治さんのは？　髪と同じでさらさらだったりします？」

少しでも気を紛らわそうとして聞いた途端、ぷっと秀治が笑う。

「そんなわけないだろう。普通だよ」

「僕も見たいです」

「後で」

狡いと文句を言う前に、半勃《はんだ》ちになっていたものに秀治の指が触れる。

「……あ……」

すうっと指でなぞられるだけで、じんっと痺《しび》れるような心地良さを感じる。

経験がほとんどない未希のそれは、二、三度擦りあげられる程度の軽い刺激にも敏感に反応して、秀治の手の中で熱さを増していく。

未希はぶるっと身体を震わせた。

「……一度しか自分でいじったことはないんだよね？」

「はい」

「そのわりに綺麗に剝《む》けてるな。……ちゃんと綺麗に洗ってたんだろう」

偉いぞ、と誉められたが、なんだか無性に恥ずかしくてうなずくこともできない。

真っ赤になって俯く未希の顔を覗き込むようにしてキスしてから、秀治は未希の前に膝《ひざ》をついた。

「え、あっ！　駄目、そんなの駄目です！」

秀治の手によって形を変えていたものに唇を寄せようとするのを見て、未希は慌てて秀治を止めた。

「駄目？　どうして？」

「だって、そんなの……」

手だけじゃなく口ですることもあるんだってことは知識としては知っている。

秀治相手なら嫌じゃないけど、でも実際にするとなるとやっぱり恥ずかしくて、少し怖《お》気《け》づいてしまう。

そんな未希の気持ちがわかっているのか、秀治はちょっと楽しげな顔をした。

「させてくれないんなら、自分でしてみる？」

「自分で？」

「そう。どんな風にしてみたのか見せてみて」

（……うわぁ、もうどうしよう）

女の子が自分でするのを見て楽しむ男の人もいるんだって話を以前聞いたことがあった。秀治もそうなのだとしたら、少しでも喜んで欲しいからやってもいいけど……でも、やっぱりちょっと恥ずかしい。

「……は…い」

喜んで欲しい気持ちと、恥ずかしさとで板挟みになりながら、未希は俯きながらおそるおそる自分で自分に手を伸ばし、そうっと擦りあげてみる。

（……緊張する）

たいした刺激を加えているわけじゃないのに、秀治に見られていると思うせいか、以前に擦ってみたときよりずっと気持ちいい。

「……んっ……」

ピクピクッと震えるそれの先から雫《しずく》が零れてきて、未希の手を濡《ぬ》らす。

気持ちいい？　と秀治に聞かれてうなずいた。

「触ったことがあるのは、そこだけ？」

「他に、どこを触るんですか？」

「こことか……」

秀治の手に引かれて、その場に膝をつく。

秀治は、未希のピンク色の乳首に触れてきた。

「女の子じゃなくても、ここ、感じるんだよ」

「……あっ……」

くりっと指先でこねるように触られて、ぴくんと身体が震えた。

癖になるような甘い感覚が広がって、未希は思わず甘い吐息をつく。

「……ホントだ。気持ちいい」

恥ずかしいのに、もっとして欲しくて、自然に身体が秀治に近寄ってしまう。

「未希くん、こっち」

腕を引かれ、秀治の膝に横向きに座ると、秀治が胸に顔を寄せてきた。

「……ん……っ……」

ちゅっとキスされて、舌先でくすぐられる。

くすぐったくて甘くて、未希はなんだかひどく幸せな気分になった。

「……ふふっ」

未希が猫だったら、きっと喉《のど》を鳴らしているところだ。

「あとは、こっちも……」

するっと秀治の手が下に伸びていく。

前を触ってくれるのかと思ったが、手はもうちょっと下へ。

「こうやって、そうっと触れても気持ちいいだろう？」

秀治の手の平が、ふたつの膨らみを優しく包み込み、そろそろとマッサージするみたいに刺激してくる。

優しく揉《も》み込まれると、なんともいえないゾクゾクとした痺れがそこから広がっていく。

軽くキュッと皮を引っ張られると、一気に射精への欲求が高まった。

「あ……やだっ……」

未希は我慢できなくなって、両手の動きを早めた。

秀治の唇が喉元に触れ、すすっと喉の上を移動して、柔らかな耳元をぞろりと舐《な》める。

そのまま強く吸われ、その微かな甘い痛みが射精へのきっかけになった。

「――んんっ！」

ぴゅっと熱いものがほとばしる。

なんとも言えない心地良さに、しばらく未希はただ熱い息を吐くばかり。

やがて荒かった呼吸が元に戻ってくると同時に、またどうしようもない恥ずかしさに襲われた。

「……僕ばっかり、ひどいです」

恥ずかしさと秀治に対する不満とで、末希は真っ赤になって秀治を上目遣いで睨む。

「まだまだ、これからだろ」

睨まれた秀治は、からかうような口調で苦笑した。

「上に乗るって言ったからには、こっちのほうの知識はあるんだよね？」

秀治の手がさらに下、お尻の狭間《はざま》に。

「あ…ります」

すりっと後ろの入り口をくすぐられて、末希はビクッと首をすくめる。

「自分でいじってみたことは？」

「ないです。洗うときだけ……」

「そう。じゃあ、慎重にほぐさないとな」

（ほぐすって……）

あんなことやそんなことをするんだ、と耳年増ゆえに得てしまった知識が脳裏を駆けめぐり、また猛烈に恥ずかしくなった。

でも、ここでまたもじもじしたり、嫌だと言ったら、だったらこれ以上は無理だと手を引かれてしまうかもしれない。

それは恥ずかしいのよりも、ずっと嫌だ。

「……よろしくお願いします」

未希は、真っ赤になって俯いたまま、小さな声でお願いした。

秀治は言ったとおり慎重にほぐしてくれた。

最初のうち、未希は恥ずかしさに硬くなっていた。

が、中に入れられた指に身体が慣れ、ほぐれはじめる頃には、心も恥ずかしさを忘れはじめ、身体から感じる感覚に素直になっていく。

「……あっ……なんか、そこ気持ちいい……」

秀治の足の間に膝立ちしていた未希は、ぞくっときて両腕を秀治の首に回してしがみついた。

「ここ？」

「ちが……もうちょっと……あ、そこ……」

「なるほど、ここか……」

要領をつかんだのか、秀治の指が未希のいいところを強く擦りあげる。

「やっ……ん……」

ぞくぞくっと、未希は身体を震わせた。

「反応いいな。こっちも充血してきてる」

ちゅっと、秀治が乳首にキスしてきた。

「しかも、このすべすべで綺麗な肌」

秀治の左手が、太股《ふともも》からお尻まで滑《なめ》らかに撫で上げていく。

それ以上あがってこないのは、未希の背中の打ち身を気遣ってのことだ。

「思う存分撫で回したいところなんだけどな」

「僕も撫でて欲しいです。……なおったら……」

「うん。楽しみにしてるよ」

内側で休まずに動く指に翻弄《ほんろう》され、熱い息を吐きながら未希が言うと、秀治は嬉しそうに微笑んでくれた。

「こっちもいつのまにか反応してるな。俺の腹に当たってるよ」

未希自身を見下ろして、秀治が嬉しそうに微笑む。

「後ろの刺激だけで、こんなになったの？」

「わかりません」

未希は首を横に振る。

「だって、秀治さんに触られると、どこも気持ちいいから……」

中で蠢《うごめ》いている指も、お尻に触れている手も、首筋に当たる呼気でさえ気持ちいい。

「もっと、触って……」

迫《せ》り上がってくる欲求に突き動かされるまま、未希は反り返った自分自身を秀治の身体に擦りつけた。

「いいね。想像してたより、ずっといやらしくて、色っぽい」

ちゅっと唇にキスされて、未希は首を傾げる。

「想像……してた？」

「まあね。——最近は外に遊びに行くこともなかったし」

「前は、外で遊んでたんですか？」

「それはまあ、必要に迫られるまま、それなりに……」

（当然だ。そんなの仕方ないし……）

秀治はちゃんとした大人の男の人で、しかもこんなに魅力的なんだから、わざわざ禁欲生活をしているはずがない。

どうしようもないことだとわかっていても、ついついしょんぼりしてしまう未希に、「でも、未希くんが家に来てからは一度も夜遊びには行ってないよ」と秀治が苦笑する。

「君のせいで遊びに行く気が失《う》せた。とはいえ俺も男だし、必要に迫られて自分ですますとなると、どうしても君の顔が浮かんで弱ったけど」

「僕で？」

「何度も……。君に手を出しちゃいけないと思ってたから、逆に燃えたかな。——でも、本人のほうがもっといい」

（もう、そんなことを言うぐらいなら、もっと早くに手を出してくれてればよかったのに……）

嬉しいけど、悔しい。

そういうところが秀治らしいと思えるから許せるけど……。

「だったら、もっとしてください」

「言われなくても」

秀治が自分自身を取り出し、手早く自分でしごく。

「僕、手伝います」

ここに僕がいるのにひとりでしなくても……と、未希は慌てて秀治の前に屈み込もうとしたが、二の腕をつかまれて止められた。

「駄目だ。そんな可愛いことをされたら、頭を撫でたくなる」

それでもいい？　と聞かれて、未希はぶるっと首を横に振った。

こうしてる今も、たんこぶや背中はやっぱり痛い。

我慢できる程度の痛みだから平気だけど、直接たんこぶに触られたら猛烈な痛みのせいで一気に萎《な》えるに違いない。

それは困る。

「だろ？　――ほら、おいで」

秀治の手に導かれるまま身体を近づけ、また首にしがみつくように言われた。

言われるとおりにすると、強く腰を引き寄せられ、熱いものが後ろに押し当てられた。

「んっ」

ぐっとそれで押されたら、いよいよだと緊張するあまり身体が強ばる。

「……未希くん」

呼ばれて、軽く身体を離して顔を覗き込むと、「キスしてくれ」と言われた。

「はい」

ちゅっと唇を押し当ててから、軽く首を曲げて、ゆっくりと唇を合わせていく。

自分から舌を絡め、夢中になって積極的に快感を貪《むさぼ》る。

（最初は全然できなかったんだっけ……）

ふと、最初の夜這いを思い出した。

なんとかして抱いて欲しかったから、息を止め、ただ夢中で唇を押し当てた。

未希がキスしたのはあのときと今日だけ。

それなのに、もうこんなに自然にキスできるようになっている。

（これも、そうなるのかな）

今は緊張してるけど、すぐに当たり前のように身体を繋《つな》げることができるようになるのかもしれない。

でも、こうして誰よりも秀治に近い場所にいられる幸福には慣れたくなかった。

この先、いつまでも一緒にいられるように努力し続けていくためにも……。

「……あっ」

また、ぐっとそこに圧力を感じる。

思わず唇を離すと、秀治のほうから積極的にキスをしかけてきた。

「……んんっ……ふっ……」

蕩《とろ》けそうに甘いキスに夢中になった未希の身体から、緊張感が抜けていく。

そのせいか、また押し入ってくる確かなものを、今度はすんなり受け入れられた。

(……あつい)

腰を支える手に促されるまま、ぐぐっとゆっくり飲み込んでいく。

今まで感じたことのなかった押し広げられる圧迫感より、埋め込まれていくものの熱さのほうを強く感じる。

秀治と繋がっているんだと思うと、なんだかそれだけで無性に興奮する。

長い時間をかけて、深いところまで受け入れると、腰を支えていた秀治の手が前に回った。

「凄いな。全然萎えてない」

「……だって、ずっと秀治さんとしたかったから……」

こうしてくっついていられるだけでも、夢みたいに幸せだ。

「可愛いことを言って……」

ギュッと首にしがみつくと、秀治が耳元で嬉しそうに囁《ささや》く。

「思いっきり抱きしめて、可愛がりたくなるじゃないか……」

「して。もっと、可愛がって…ください」

しがみついたまま、大好きな秀治のさらさらの髪に唇を押し当てる。

「……そんなこと言っていいのか？」

含み笑いと共に、そろっと秀治の手が羽根のように背中に触れる。

「――っ」

一番腫れている場所ではなかったものの、やっぱりちょっとだけ痛かった未希はビクッと身体を震わせた。

「おっ…っと、凄い締めつけ」

ぐっと強く両手で腰をつかまれ、揺さぶりあげられた。

「ひあっ……」

ずずっと、中で熱いものが動く。

強く擦れたところから、じんっと今まで感じたことのない甘く痺れるような強い快感が広がっていく。

「だめっ」

さらさらの髪に顔を埋《うず》めたまま訴えると、秀治がいったん動きを止めた。

「痛い？」

聞かれて、軽く首を振る。

「違う？」

今度はうなずく。

「じゃあ、どうして？」

「だって……あんまり、気持ちよくて……」

おかしくなりそうで……と呟《つぶや》くと、腰をつかむ指にぐっと力が入った。

「そういうことなら、遠慮はいらないな」

「あっ……んん……」

また揺さぶりあげられて、首にしがみつく。

埋め込まれる確かな熱の存在が、未希の熱も引き出していく。

「あ……うそ……もういくっ――」

触れられてもいないのに、嘘みたいに簡単に未希は熱を放った。

それなのに下腹に溜まった熱は一向に散る気配がない。

「……んん……あ……」

はじめての快感に夢中になった身体が、さらなる快感を求めて勝手に動く。
秀治の首にしがみついたまま、自分で自分のいいところを探して腰を揺らしてしまう。
止めようと思っても、止まらない。
秀治の熱が欲しいと、身体が暴走していた。
（……はじめてなのに）
こんなに気持ちよくなっていいんだろうか？
ガツガツしてたら、秀治に呆《あき》れられはしないだろうか？
そんな不安が胸をよぎる。
それでも、やっぱり身体は止まってくれなくて……。
「あっ……あぁ……秀治さん、もっと……」
もっともっと秀治を感じたくて、勝手に動いてしまう。
「……凄いな」
耳元で、秀治の囁く声がした。
快感で朦朧《もうろう》とする意識の中、未希は秀治の顔を覗き込む。
秀治は、嬉しそうな顔をしていた。
「未希は、身体も素直だな。こんなに喜んでもらえると、こっちもたまらなくなるよ」
そう言って軽々と未希を抱え上げ、乱暴なぐらいに強く揺さぶりあげてくる。

「いいっ……あっ…んんっんっ………」

(……これで、いいんだ)

秀治はこの身体に夢中になって、喜んでくれてる。

ホッとした未希は、辛うじて残っていた理性を手放した。


何度か絶頂を繰り返し、そのたびに萎えない自分の身体に戸惑いながら、それでもただ与えられる快感を貪る。

最初のうちは自分だけが翻弄されてるのかと感じてたけど、やがてそうじゃないと身体で知った。

首筋に秀治の熱い息をずっと感じられるし、しがみついた肩や背中に、手が滑るほど汗が滲んでいたから……。

(秀治さんも同じ)

心も身体も、ちゃんとお互いに求め合っているんだと実感できることが嬉しい。

自由な心を持たないお人形さんのままだったら、秀治に抱かれてもきっとこんなに深い喜びを感じることはなかったはずだ。

(……幸せ)

溢《あふ》れてきた喜びが、目から零れて頰を滑り落ちていった。

「——未希、一緒にいこう」

やがて、秀治の熱に浮かされたような声が聞こえた。

ぼんやりする意識の中、未希がなんとかうなずいて応えると、両手で強く尻をつかまれ、一際深く突き入れられた。

「んっ——!!」

その衝撃で、思いっきり背を反らして熱を放った未希は、同時に身体の奥で熱いものが弾《はじ》けるのを感じる。

秀治の喜びを受け止めることができた深い満足感と共に、未希は幸福なまどろみに落ちていった。

6

翌朝、動物病院の玄関が開くと同時にチャイを迎えにいった。

病院のケージの中に入れられキュウッと小さくなっていたチャイは、未希の顔を認めた途端、ふさふさの尻尾《しっぽ》をピンと立たせて、にゃーにゃーと甲高《かんだか》い声で何度も鳴いた。

（すっごい元気）

ちゃんと動いている姿にホッとしたのもつかの間、サイレンのように鳴き続けるチャイのあまりにも大きな声に未希は狼狽《うろた》えた。

「チャイ。どうしたの。具合でも悪い？」

ケージの柵から指を突っ込んで触ろうとしたら、カプッと甘噛《あまが》みされる。

それを見ていた病院のスタッフ達がクスクスと笑った。

「怪我のほうは問題ありませんでした。軽い打ち身だけですから。――たぶんこの子、知らない場所にひとりで置いてかれたことを拗《す》ねてるんですよ」

ずっと警戒しまくっていて、一口もエサを食べていないのだとか……。

「お家に帰ったら、いっぱい甘やかしてあげてくださいね」

鳴きやまないチャイを、キャリーバッグに移して病院を後にする。

家に帰ってからいつものように朝ご飯をあげると、チャイは凄い勢いでペロリと全部平らげた。

しかも、まだ足りないからもっとくれと、足に絡みつきながら、にゃーにゃー鳴く。

昨夜《ゆうべ》からなにも食べてないんだから当然かと、もう一食分皿に盛るとそれもペロリと食べ、その直後、げーっとリバースした。

どうやら一度に食べさせすぎたらしい。

「……甘やかしすぎても駄目なんだ」

チャイが汚したところを掃除しながら、飼い主の責任についてしみじみ考えさせられた。


前科のある等にとって、あの事件は致命的だった。

今度立件されたら間違いなく長い懲役刑になるからと、多恵子の実家方面からは訴えを取り下げろと水面下でかなりの圧力をかけられもした。

だが立件以前に、等の精神状態の異常さが際立ってきたこともあって、今では精神鑑定を受ける運びになっている。

たぶんそれなりの結果が出て、彼が治療施設に送られることになるのは間違いないだろうと、警察関係者からは聞かされていた。

未希は常々、等には精神面でなんらかの治療が必要なんじゃないかと思っていたから、ほんの少しだけホッとした。

それ以上にホッとしたのは、土地絡みのトラブルが解決したことだ。

現在の小野塚家の当主は前当主の弟に当たる人物なのだが、銀行家一族である多恵子の一族の影響力に頭が上がらず、その言動をコントロールすることができずにいた。

それが今回、多恵子の未希に対する虐待行為が警察に知られ、しかも等の暴力事件も重なったことで力関係が逆転したらしい。

利益を見込めない計画を認めるわけにはいかないと、秀治が所有する土地の購入を当主が多恵子にきっぱり拒否したとか……。

未希にとって叔父に当たるこの人物は、これまでのことを謝罪したいし、本来なら未希も相続する権利があった前社長の遺産の取り分に関しても話し合いをしたい。戻ってこないかと、秀治の弁護士を通して未希に言ってきた。

だが未希は、それを丁重に断った。

彼は、未希が多恵子からどんな扱いを受けてきたかすべて知っていながら、これまで黙認し続けていたのだ。

状況が変わった途端、手の平を返したように優しい顔をしてすり寄ってくる人とは会いたくなかった。

顔も覚えていない父親の遺産をもらう必要も感じない。

未希は、身ひとつで売りに出された身だ。

もう、あの怖い家とは関わりあいになりたくない。

優しい人達がいるこの家が、未希の居場所なんだから……。


そして、未希がなんとか仰向けで眠れるようになった頃のこと。

平日の午後、いつものように部屋で勉強していた未希のところに秀治がやってきた。

膝の上でチャイが丸くなって眠っていたから、椅子ごとくるんと振り向くと、「弁護士さんから」と一枚の書類を差しだしてくる。

受け取ってよく見ると、それは戸籍抄本だった。

「富樫光一《とがしこういち》？　これ、誰ですか？」

未希が聞くと、秀治はちょっとびっくりしたようだった。

「君だよ。それは、君の本当の戸籍の名前なんだ」

「あ……ああ、そうなんですか」

沢田《さわだ》末希という名前は、母親が違法な手段で買った戸籍に記載されていた名前。

自分には、もうひとつ本当の名前があると理解していたつもりだったが、目の当たりにするとけっこうな衝撃だ。

「本名を聞いたこともなかったのか？」

「はい。必要なかったので……。でも、これからはこっちの名前を使わなきゃいけないんですよね。――光一、こういち、か……」

物心ついたときから名乗っている名前でないと、どうも違和感がある。

そんな気持ちが通じたのか、末希のベッドに腰掛けた秀治が聞いてきた。

「本当の名前も、末希に変更しようか？」

「できるんですか？」

「ああ。家庭裁判所の許可が必要だが可能だ。――ただ、君のお母さんはどう思うかな？」

自分が最初につけた名前を息子が名乗らないことを悲しみはしないだろうかと、秀治が心配する。

秀治らしい優しい気遣いが嬉しかった末希は、にっこり微笑んだ。

「母からは『末希』と呼ばれた記憶しかないんです。もしも母が、僕の本当の名前に拘りがあったら、きっと本名を教えてくれてたんじゃないかと思います」

光一という名前をつけたのは、父親だった可能性もあるし……。

「そうか……。じゃあ、弁護士さんに名前の変更も頼んでおこう。——それともうひとつ報告があるんだが」

「なんでしょう」

秀治は、気を落ち着かせるかのように髪をかき上げ、深く息を吐いた。

「君のお母さんが、生命保険に入っていたことを知っているか？」

「初耳です」

「やっぱりそうか……。——君のお母さんは、君を受取人にした多額の生命保険に入っていたんだ。それも本当の戸籍の名前のほうで……」

契約開始日は未希が生まれた直後。

最初のうちはたぶん未希の父親である小野塚の前当主が保険金を支払い、彼の死後は未希の母親が振り込みを続けていたようだと、秀治が説明してくれる。

「でも、保険金を払うような余裕はなかったと思うんですけど」

親子ふたりの生活は、経済的には決して楽なものではなかったから……。

「自分にもしものことがあったら君がひとりになるとわかっていたから、無理をしたんだろうね。……でも、けっきょくはその保険が仇《あだ》になって、君は多恵子さんに見つかったんだ」

母親が病気で倒れた後、その保険の証書を母親から預かったのは未希達が暮らしていたアパートの大家だった。

母親の死を見とった大家は、未希のために保険業者に連絡をとり、そこから小野塚家へ情報が漏れてしまった。

そして未希の居所が多恵子にばれたのだ。

「そういうことだったんですか……」

多恵子に見つかったのは母親の死の直後。

どうしてこんなタイミングで見つかったのかと当初は不思議に思っていたが、小野塚家での辛《つら》い暮らしが続く間に、疑問を抱く心すら無くしてしまっていた。

「それで、その保険金なんだが……」

秀治は言葉を句切り、また髪をかき上げる。

さらさらと元に戻る髪を眺めながら、未希は秀治の言葉を待った。

「……多恵子さんが、全額着服していることが判明した」

「ああ、そうか……。そういうことになりますよね」

未希の手元には届かなかったのだから、その手前で止められたのだ。

「現在、弁護士を通して、未希くんに全額返却するようにと要求しているところだ。先方が応じなかったら、裁判沙汰になるから」

覚悟しておいてくれ、と言われた途端、ズキッと未希の胸が痛む。

（覚悟なんて……）

実際に矢面《やおもて》に立たされるのは未希じゃなく、保護者として立ってくれている秀治のほうだ。この間の事件でも多恵子側からのあの手この手の誹謗中傷で、秀治の名誉は随分と傷つけられている。そういうことになるのだと覚悟をしていたつもりだったのに、それが現実になると秀治より未希のほうがダメージを受けた。

自分のせいで大切な人の名誉が傷つけられることが、たまらなく嫌で……。

秀治は気にするなと言ってくれるけど、あれがこの先も続くのかと思うと、やっぱり気が重くなる。

未希はチャイを抱き上げ、立ち上がって秀治の前まで歩み寄った。

「裁判沙汰にするぐらいなら、お金はもらわなくていいです」

その言葉に、秀治は「言うと思った」と呟いた。

「なにを心配してるのか想像はつく。気にしてくれて嬉しいよ」

秀治の手が未希の頬に触れる。

未希は、チャイがいつもするように、その手に自分の頬を擦りつけた。

「でも、俺が未希くんにあのお金をあげたいんだ。あのお金は、未希くんのお母さんが愛する子供のためにと積み上げてきた愛情そのものだからね。君にきちんと受け取らせたい」

「……秀治さんが嫌な思いをするんじゃないですか？」

「かまわない。一番わかって欲しい人達が誤解しなければそれでいい。あんな誹謗中傷ぐらいじゃ信頼は揺らいだりしないから」

「そう……ですね」

　未希は目を伏せた。

（確かに、それはそうだろうけど……）

　でも、誹謗中傷を鵜呑《うの》みにする人だっているかもしれない。

　それがたったひとりだとしても、やっぱり嫌なものは嫌だ。

「そんな弱気な顔をしないでくれ」

　秀治が苦笑する。

「共犯者の未希くんにそんな顔をされたら、俺の気力も萎えるだろう？　未希くんは俺の最後の砦《とりで》なんだから、もっと強気でいてくれないと困るよ」

「強気？」

「そう。——秀治さんを苛《いじ》める奴は、僕がぶっ飛ばす！　ぐらいの勢いで」

　未希は思わずぷっと笑った。

「そんなこと言って調子づかせると、ほんとにぶっ飛ばしちゃうかもしれませんよ？」

「いいさ。ただし、自分が怪我をしない程度に……」

「はい」

「よし」

秀治は未希の手をとって、手の甲に唇を押し当てた。

「なにも心配いらない。未希くんとの共犯関係を維持するためなら、誰になにを言われようと負けずにいられる自信がある」

力強い言葉が嬉しい。

「僕もです」

うなずいた未希は、屈み込んで秀治に軽くキスをした。

「……ん」

その途端、ぐっと背中を引き寄せられ、深く口づけられる。

「やっぱり、思いっきり抱きしめられるのはいいな」

「たんこぶのほうも、もう平気ですよ」

額を押し当て、目を覗き込みながら告げる。

「それは今夜が楽しみだ」

秀治が嬉しそうに微笑んでくれる。

「僕も」

ご機嫌になった未希は、秀治の膝にストンと座って、もう一度キスをねだった。

深まっていくくちづけの中、ふたりの間に挟まれて潰《つぶ》れたチャイが、ふにゃあと不満そうに鳴いて脱出しようともがいていた。

楽しいお留守番

「じゃあ、お家のことはよろしくね」

「はい。任せておいてください」

「なにかあったら、すぐに携帯に連絡するんだぞ」

「わかってます。島田さんこそ、旅先であんまり飲み過ぎちゃ駄目ですよ」

「おう」

（本当に仲良しだな）

少々疎外感を感じつつ、未希と島田夫妻の会話を脇で聞いていた秀治は、「それじゃあ行ってきますね」という光枝の言葉に、慌てて微笑みを浮かべた。

「ああ、ゆっくりしてきて」

「ありがとうございます」

行ってらっしゃい、お土産、楽しみにしてますね〜っと、チャイを抱っこした未希が、島田夫妻が乗り込んだ車を元気に見送る。

島田夫妻は、秀治がスポンサーとして企画立案したプランで、今日から三泊四日の沖縄旅行だ。

この春、無事高校に合格した未希に合格祝いになにか欲しいものはと聞いたら、自分はここにいられるだけで充分幸せだから欲しいものは特にない。その代わりといってはなんだけど、島田夫妻になにか息抜きをさせてあげて欲しいと言われたのだ。

どうやら未希は、高校に通うようになったら、今までのようには島田夫妻の手伝いができなくなることをけっこう気にしているらしい。

その話を島田夫妻にして、今までの感謝も込めて旅行プランを手渡したら、なんて優しい子だとほろりとされてしまった。

以前から未希を養子にしたいと何度か申し出たこともある島田夫妻だったから、これで養子熱が再燃したらまずいと秀治は少々冷や冷やさせられた。

未希が応じる訳がないとわかっていても、島田夫妻になついているだけに、どう断ったら傷つけずに済むかと悩むに違いないからだ。

秀治の余計な心配をよそに、島田夫妻は断るのは逆に失礼にあたりますねと、すんなり旅行プランを受け取り、そして本日、無事に出発の運びとなったのだ。

「天気もよさそうだし、いい旅行になるといいな」

数寄屋門《すきやもん》をくぐり、家へと向かいながら秀治は未希に話し掛けた。

「はい。飛行機に乗るんですよね。ちょっと羨《うらや》ましいです」

「乗ったことないの？」

「はい。中学の修学旅行が沖縄だったんですけど、僕は行けなかったから……」

当時の未希は、自らの意志とは関係なく女の子の格好をさせられていたから、確かに集団生活を余儀なくされる旅行は無理だっただろう。

もしそうでなかったとしても、未希に辛くあたり続けていたあの女性は、未希が楽しい時間を過ごすようなことを許しはしなかっただろうけど……。

「だったら、次の休みには俺達が旅行に行こうか？」

「次の休み？」

「夏休みだよ。思い切って海外なんて、どう？」

「素敵です」

未希が、ぱあっと顔を輝かせた。

「あ、でも……」

が、すぐにしょぼんと萎《しお》れる。

「なに？」

「チャイは？」

「チャイはさすがに無理だな。猫は犬より環境の変化に敏感だし、旅行には向かないから……。俺達がいない間は、島田さん達に家に泊まり込んでもらえばいい。チャイもなついてるから、それなら心配ないだろう？」

「はい。——それで、大丈夫だよね？」

　未希が抱っこしたままのチャイに話し掛ける。

　わかっているのかいないのか、チャイはにゃあと甘えた声で鳴いた。

　家に戻ると、未希はチャイを床に降ろした。

　尻尾をピンと立て、とと っと家の中に駆け込んでいくチャイを見送りながら、秀治は聞いてみる。

「さて、今日はなにをして過ごそうか？」

　せっかくふたりきりなんだし、いつもとは違った生活をしようと暗に誘いかけたつもりだったのだが、未希は「午前中は掃除です」とあっさり言う。

「……そう？」

「はい。光枝さんにも頼まれたし、ちゃんとしなきゃ」

（真面目だなぁ）

　真面目で、いつも真剣で。そして一途。

　十歳以上年下のまだ若すぎる恋人は、大人の邪念にはまったく気づいていないようだ。

「秀治さんは？」

「俺か？　そうだな」

手伝う、と言いたいところだが、それはちょっと無理だ。

お坊ちゃま育ちの秀治は、料理も掃除も洗濯も自分じゃできないから、手伝うどころか邪魔にしかならないだろう。

子供の頃の秀治は、使用人が十人以上も必要な大きな屋敷に住んでいた父親を、なんて不経済なんだと冷たい瞳で眺めていた。

父親の死後、不経済な屋敷を取り壊し、ひとりでも暮らせるようにとこのこぢんまりとした家を建てたのだが、けっきょくひとりでは快適な生活が維持できなかった。

島田夫妻と知り合うまではほとんどホテル暮らしという、まさに不経済な生活を送っていたぐらいだ。

島田夫妻が休日でも面倒を見に来てくれるのは、その当時のこの家の惨状を覚えているせいもあるだろう。

（……未希くんに知られたら、失望されるかな）

それとも、おかしいと笑ってくれるだろうか。

「……持ち帰ってる仕事が少しあるから、そっちを片づけるか」

そこら辺の不器用さを白状するのはもうちょっと先延ばしにしようと苦笑しつつ、秀治は言った。

「それ、どれぐらいかかりますか？」

「ん？」

「もしも、午後に時間が空くようだったら……」

言葉を途切らせた未希は、ちょっともじもじしながらもう一度唇を開いた。

「僕と、デートしてくれませんか？」

「デート？」

「はい。あの……そういうの一度もしたことなかったから、ちょっと憧れてて……。駄目ですか？」

心配そうに見上げてくる未希に、秀治は「駄目じゃないよ」と優しく微笑みかけた。

秀治からすれば、ふたりで行くチャイの散歩もデートみたいな気分だったのだが、未希にとっては違ったらしい。

（さて、どういうのをデートだと思ってるのか）

中学の女友達の体験談を山ほど聞いてきている未希のことだ。若い子達が好んでいくような繁華街に行きたいと言われたら、さすがに困るなと思いつつ聞いてみる。

「どんなデートがお好み？」

「秀治さんと一緒に行けるなら、どこでもいいです。……でも、あの……」

と、やっぱり未希はもじもじ。

「スーツを着てもらえませんか？」

「スーツ？　この格好の俺じゃ駄目？」

秀治は、いつもの休日と同じようにシンプルなシャツとジーンズ姿だ。

こういう格好をしていると実年齢より幾分若く見える自覚があるから、年若い恋人と一緒に歩くには、むしろこっちのほうが向いているんじゃないかと思うのだが……。

「駄目じゃないです」

未希は慌てて首を横に振った。

「僕、ラフな服装の秀治さんも大好きです！　でも、あの……せっかくデートできるんだから、いつもと違う雰囲気がいいかなって……」

「なるほど、わかった。だったら、未希くんもちゃんとお洒落《しゃれ》してくれる？」

「はいっ！」

未希は大喜びでうなずいた。

「デートコースは、映画でも見てから、買い物して食事かな」

「買い物？」

「うん。ちょうど未希くんに携帯を買おうと思ってたんだ。やっぱり、なにか合格祝いをあげたいしね」

「そんな、いいです。携帯なんて、きっと持ってても使わないと思うし……」

「そうでもないさ。高校で友達ができたらきっと必要になると思うよ。それに、俺が未希くんに携帯を持たせたいと思ってるんだ」

「どうしてですか？」

「そりゃ心配だからさ。なにもないにこしたことはないけど、万が一、なにかあったときすぐに連絡できるツールがあったほうが安心だからね」

「心配してくれるんですか……」

嬉しいです、と未希ははにかんだように微笑んだ。


ノートパソコンに向かって持ち帰った仕事をしていると、廊下からキシキシッと静かな足音が聞こえてきた。

未希が、秀治の仕事の邪魔にならないよう足音を忍ばせながら掃除をしているのだろう。

（そういえば、未希くんは俺の仕事を手伝いたいって言ってたっけ……）

仕事の手を止め、軽い足音に耳をそばだてながら思い出す。

――秀治さんのお仕事を手伝えるようになりたい。

真剣な眼差《まなざ》しでそう言われて、正直悪い気分はしない。

でも、さて未希が秀治の仕事をどれだけ理解しているか……。

（わかってないだろうなぁ）

不動産系の仕事だと言ってあるから、街中にある住宅斡旋《あっせん》系の不動産屋を想像していそうだ。

実際は、個人より企業相手の仕事がメインなのだが……。

(未希くんに手伝ってもらうとしたら、やっぱり営業か……)

未希は頭の回転がかなり速い。

普段は万事控えめなのに、こっちがちょっと隙《すき》を見せると、すかさずずいっと前に出て強引なぐらいに押してくる。

真剣に見つめてくる茶色の大きな瞳と、畳みかけるように押してくる話術、そして色よい返事をしたときのあの嬉しそうな微笑み。

あれには、老若男女を問わず、ころりとまいるに違いない。

(どんな業種だろうと、未希くんならトップ営業になれるんじゃないかな)

——新しい契約、取れました!

嬉しそうににっこり笑って事務所に飛び込んでくる成長した未希の姿を想像して、秀治はひとり微笑んだ。

そして、午後。

約束した時間に、車のキーを手に、要望通りのスーツを着て茶の間に行った。

「お、可愛いじゃないか」

先に来て待っていた未希の姿をひとめ見て、秀治は思わず相好を崩す。

身体にぴったりフィットしたグレーのVネックニットに、その胸元にはシルバーのチョーカー、そして黒のスリムパンツに手にはフードつきの薄手のブルゾン。

モノトーンのシンプルな出《い》で立ちは未希の甘い顔立ちを逆に引き立てているし、華奢《きゃしゃ》な身体のラインにフィットした服は、ついつい抱き寄せたくなるぐらいに魅力的だ。

（……あのブルゾンには見覚えないな）

未希の柔らかな髪の色に合わせた茶系のブルゾンは、フードがついているところから思うに、たぶん光枝の見立てだろう。

（一足先に合格祝いを渡されたか……）

油断も隙もない、と秀治は苦笑した。

誉められた未希は照れくさそうに唇をほころばせたが、秀治の出で立ちを見て、ん？　と首を傾げた。

どう贔屓目《ひいきめ》に考えても、喜んでくれている反応じゃない。

「……このスーツじゃ気に入らない？」

オフだから、いつもより幾分ラフな色合いでシャツやネクタイなどを決めてみたのだが、未希の好みから外したのだろうか？

「あ、いえ、素敵です」

未希は慌てて首を横に振る。

「じゃあ、なに？　せっかくのデートなんだから、未希くんの好きなようにしてあげるよ」

「あ、じゃあ、その……いつもみたいに眼鏡をかけてもらえませんか？」

「眼鏡？」

「はい。……駄目ですか？」

「駄目じゃないけど……」

秀治が仕事のときだけかけている眼鏡は、実は伊達だったりする。

優しそうだとよく未希に言われる容姿は、仕事上では実はデメリットが多い。

年長者に対するときなど舐められることも多いから、ちょっとでも強気に見えればと、わざと眼鏡で目元を隠していたのだが……。

「未希くんって、実は眼鏡フェチ？」

「フェ、フェチって……」

何気なく聞いたつもりだったのに、未希はカカーッと一気に赤くなった。

（……なにを考えてるんだか）

中学の頃は、女友達としょっちゅうエロイ話をしていたという未希は、変なところで耳年増だ。

しかもその知識は微妙に歯抜けだったり、過剰装飾されていたりする。

秀治ぐらいの歳《とし》になるとフェチなんてさほど恥ずかしがる言葉じゃないのだが、未希の年齢だと違うのだろうか？

「あの……ただ、素敵だと思うから、眼鏡をかけてるところを見たいだけで……」

もじもじしているところを見ると、どうやら情報に過剰装飾が施されていたようだ。

「わかった。取ってくるよ」

笑いたいのを堪えてきびすを返しかけたが、真っ赤になったままの未希が「書斎ですよね？　僕が取ってきます」と脇を駆け抜けていく。

追っかけっこ？　とその後をチャイがたたたっと追いかけていくのを見て、平和だなぁと秀治はひとり微笑んだ。

やがて、上気した頬のまま戻ってきた未希は、パクッと眼鏡ケースを開け、「どうぞ」と差しだしてきた。

「はいはい」

眼鏡を受け取り、スッとかける。

「どう？」

聞くと、未希がぽうっと見とれてくる。

「はい。……やっぱり素敵です」

「ありがとう」

やっぱり悪い気はしない。

じゃあ出発しようかと促すと、末希は手に持っていた眼鏡ケースをパクッと閉じ、その直後にまたパクッと開けた。

「どうかした？」

「あ、あの、これって……」

末希はケースの中に敷いてあった白いレースのハンカチを取りだし、パッと開いて目の前に掲げる。

「……もしかして、僕の？」

開いたハンカチの中央には、微かな染みが見える。

秀治が自分で洗ったせいで、完全には取りきれなかった血の染みが……。

「これ、そうですよね？　あのとき、秀治さんの手に巻いたハンカチですよね？　――ずっと持っててくれたんですか？」

両手できゅっとハンカチを握りしめた末希は、ずいっと一歩前に出ると、大きな眼を見開いてじいっと見つめてくる。

秀治は、この眼に弱かった。

「……一目惚れだったって言っただろう」

だが相手は、どう見ても自分よりは十歳以上年下の少女だ。

素直に認めるには常識が邪魔をして、かといって忘れることもできず、未練がましく思い出の品を毎日眼に触れる場所に置いていたのだ。

「少々、女々しいかな？」

照れくささからそう言うと、未希がブンブンと首を振る。

「そんなことないです。……僕、凄く嬉しい」

うるっと眼を潤ませ、涙を堪えるかのようにまばたきを繰り返している。

（……可愛いなぁ）

いまプロポーズされたら、常識云々を考える間もないまま、条件反射でＯＫしてしまいそうだ。

引き寄せられるまま屈み込んでチュッと軽くキスすると、未希はにっこりと嬉しそうに微笑んだ。

「秀治さん、僕にこのハンカチくれませんか？」

「どうするの？」

「僕の宝物にします」

「ん〜、さすがにこれは駄目だな」

うなずいてあげたいところだったが、なんとか堪えた。

「どうしてですか？」

「これは俺の宝物でもあるからね。――今日だって未希くんの望みを優先してあげてるんだから、こっちは俺に譲りなさい」

未希の手からハンカチを取り上げて、丁寧に畳んで眼鏡ケースに戻す。

「え？　今日って……。秀治さん、なにか予定があったんですか？」

幸せそうだった微笑みが、さあっと消えた。

（おっと、まずい）

「予定はないよ。やりたかったことならあるけど」

「やりたかったこと？」

「そう。せっかくふたりきりなんだから、新婚さんごっことかね」

不安そうだった未希の顔に、またふんわりとした微笑みが戻る。

「新婚さんごっこなら毎朝してるじゃないですか」

「毎朝？」

「はい。キスで起こしたり、ふたりだけで朝食摂ったり……。僕、毎朝凄く幸せなんですよ」

「健全だなぁ」

幸せそうな顔をする未希を見て、秀治は苦笑した。

「俺がしたい新婚さんごっこはそういう健全なのじゃなく、もうちょっと色っぽいほうなんだけどね」

「色っぽいこと？　……でも、その……それも毎晩してるし……」

未希が、カカーッと赤くなる。

確かにそうだ。

一度手を出してしまったらもうセーブは利かなくなった。

未希の体調を気遣って最後までしないこともあるが、それでも受験前の数日を除けば、ほぼ毎日のように未希に手を出してしまっている。

（なのに、なんで照れるかな）

行為自体にはすっかり慣れたはずだし、のってくると積極的になって素晴らしく魅力的な痴態を見せてくれるのに、未希はいまだに初《うぶ》な部分をなくさない。

恥ずかしそうにもじもじされると、もっと恥ずかしがらせてみたいと思うのは、やっぱり男の常だろう。

「それとはちょっと違うかな」

「どんな風に？」

赤くなったまま、未希がくいっと首を傾げる。

「新婚さんらしく、もっといちゃいちゃしたいんだよ。一緒にお風呂入ったり、裸エプロンで誘惑してもらったり……」

「うわぁ……」

カカカーッと、未希が更に赤くなった。

「お風呂に……裸エプロン？」

え～、うわぁ～っと意味不明な言葉を呟きながら、真っ赤になった頬に両手を当て、なにやら想像してはまた意味不明な言葉を呟く。

わざと妄想をかき立てるような言葉を選んでみたのだが、正解だったようだ。

つむじまで赤くして、オロオロしている未希を見おろして、秀治は可愛いなぁとひとりほくそ笑む。

（なにを想像してるんだか……）

変に耳年増な未希のことだ。

真っ赤になった頭の中では、きっとめくるめく装飾過剰なシチュエーションが繰り広げられているに違いない。

（実践で白状してもらおう）

もじもじと照れながら、さてどんな痴態を見せてくれるか。

考えただけでも、口元がほころぶ。

とはいえ、それはまた明日の話。

今日のところは、未希がしてみたいと望むデートを完璧にこなしてあげよう。

「そろそろ出掛けようか。――新婚さんごっこをする前に、ちゃんと恋人らしいこともしないとね」

「恋人らしいこと？」

「うん。順番は守らないと……。新婚さんになる前の儀式がまだだったから」

「儀式？」

「もちろん、プロポーズだよ。俺のほうからはまだしてないからね」

指輪もいるな、とわざとらしく呟くと、未希は「ふわぁ」とまたしても変な言葉を吐いた。

真っ赤になったまま、のぼせたようにふらっとよろめく。

そしてその拍子に、足元にちょこんと座っていたチャイの尻尾を踏んづけてしまった。

「わっ、チャイ、ごめん」

ふぎゃあとチャイに叱られて、慌ててしゃがみ込んで真剣な顔で謝り倒している。

（やっぱり平和だ）

不意に現れたお嫁さん志願者は、すっかり秀治の日常に溶け込んだ。

この日常をずっと守り続けるためなら、きっとなんだってできるだろう。

平和な休日の光景に、秀治は幸福な気分で眼を細めた。

あとがき

こんにちは、もしくは、はじめまして。黒崎あつしでございます。

最近、遅ればせながらニンテンドーＤＳで脳トレなるものに挑戦しています。が、どうもわたしの発音が悪いようでちゃんと認識してもらえない。ついでに数字の書き方も悪いらしくやっぱり認識してもらえない。……挫けかけてます。

さてさて、今回は花嫁ものです。

花嫁ものだし、かる〜く明るいお話を！と、張り切って書きはじめたのですが、完成してみたら予想よりは落ち着いた感じに仕上がったような気がしています。

大好きな猫もいっぱい登場させたし、とても楽しく書かせていただけました。

そして、今回のイラストは、再び高星麻子先生に引き受けていただけました。

素晴らしく可愛いイラストに心からの感謝を。

高星先生に描いてもらえるのならば、と今回のお話を考えたと言っても過言ではありません。

挿絵の中で主人公の女の子バージョン率が高くなっているのは、わたしが高星先生の描かれる女の子が大好きなせい。

ちなみに、表紙で女の子バージョンの主人公と子猫が一緒にいるのもわたしのせい。これ、作中の時間軸から考えると間違いなんですけど、どーしてもカラーで見てみたかったのです。ああ、満足。

ず～るず～ると締め切りをのばし、迷惑掛け放題なわたしにしぶとくお付き合いくださる担当さん、本当にどうもありがとう。今回も大変ご迷惑をお掛けしています（↑現在進行形）。

これからも、ど～かよろしくしてください。

この本を手にとってくださった皆さまが、少しでも楽しいひとときを過ごされますように。

またお目にかかれる日がくることを祈りつつ……。

二〇〇八年十月

黒崎あつし

✦初出　お嫁さんになりたい……………書き下ろし
楽しいお留守番…………………書き下ろし

黒崎あつし先生、高星麻子先生へのお便り、本作品に関するご意見、ご感想などは
〒151-0051 東京都渋谷区千駄ヶ谷4-9-7
幻冬舎コミックス　ルチル文庫「お嫁さんになりたい」係まで。

幻冬舎ルチル文庫

お嫁さんになりたい

2008年11月20日　第1刷発行

✦著者　黒崎あつし　くろさき あつし

✦発行人　伊藤嘉彦

✦発行元　株式会社 幻冬舎コミックス
〒151-0051 東京都渋谷区千駄ヶ谷4-9-7
電話 03(5411)6432［編集］

✦発売元　株式会社 幻冬舎
〒151-0051 東京都渋谷区千駄ヶ谷4-9-7
電話 03(5411)6222［営業］
振替 00120-8-767643

✦印刷・製本所　中央精版印刷株式会社

✦検印廃止

ISBN978-4-344-81500-1　C0193　Printed in Japan